¿QUIÉN VENCIÓ EN FEBRERO?

Pedro Casals

Ejemplar perteneciente a una edición especial
(diciembre 1985) firmado por el autor,
que corresponde a la Segunda edición de la obra.

PLAZA & JANES
P & J
EXITOS

PEDRO CASALS

¿QUIEN VENCIO EN FEBRERO?

PLAZA & JANES EDITORES, S. A.

Foto portada:

F. Bedmar

Primera edición: **Octubre, 1985**

Segunda edición: **Diciembre, 1985**

Editado por PLAZA & JANES EDITORES, S.A.
Virgen de Guadalupe, 21-33. Esplugues de Llobregat (Barcelona)

Printed in Spain - Impreso en España

ISBN: 84-01-32131-X - Depósito Legal: B. 38386-1985

¡La culpa, querido Bruto, no es de nuestras estrellas, sino de nosotros mismos, que consentimos en ser inferiores!

JULIO CÉSAR
(William Shakespeare)

AGRADECIMIENTO

A Juan Cepas,

gran sabedor de
las entretelas del
lenguaje popular
malagueño.

Los hechos que se narran en esta novela son de ficción.

James Davidson sólo rompió su mutismo en un par de ocasiones, para dar réplicas monosilábicas acentuando su aire impertinente y aniñado. Aunque controlaba los músculos faciales con suma destreza, no llegaba a evitar la sombra de su insufrible media sonrisa cada vez que alguno de los otros tres miembros del patriciado del Consorcio, que se reunían en torno a la mesa oval, simplificaba el problema tratando de meter la mar en un pozo.

James dejaba perder sus ojos, de pupila diminuta, más allá de las cristaleras, cabalgando a grupas de las olas de amplio seno, que penetraban en la Bahía de San Miguel, lamiendo los bajos del acantilado sin lograr reventar en espuma y ozono, pero no pasaba por alto ni una coma de lo que allí se ventilaba.

La no cuadratura de la mesa podía hacer creer que nadie presidía la reunión de aquel póquer de vicedioses, pero cada vez que Goldman tomaba la palabra, siempre en voz queda, se hacía el silencio y todos excepto James bajaban un poco la vista.

La luz opalina del norte de Ibiza, el ritmo inmaterial de la mar de leva, y la calina, construían un atardecer de setiembre que resbalaba sobre la piel de aquellos hombres, vestidos con americanas deportivas de tejidos ligeros y caros, que no querían ver otras ventajas al enclave aparte de la discreción, el fácil acceso y el resto de factores de seguridad que sus servicios de protección habían detallado en un informe de diez folios. El estar al fondo de un *cul de sac*, y sólo existir un acceso descendente hasta la playa por una carretera angosta, para encaramarse y morir en las mismas rocas del hotel, hizo que cada uno de los allí presentes aceptara con facilidad el lugar cuando Goldman lo propuso al final de la anterior junta del Consorcio, celebrada en Acapulco.

Las tres últimas ocasiones en que se reunieron habían terminado del mismo modo desacostumbradamente inconcreto. No acertaban a ponerse de acuerdo sobre el plan de acción a desarrollar en el mercado Sur-2, y la discusión solía escorar hacia el resbaladizo y etéreo campo de los riesgos políticos, alejándose de los sólidos razonamientos técnicos. Allí, en Ibiza, ya estaban danzando de nuevo los demonios que aparecían tan pronto se iniciaba la elucubración sobre el futuro régimen que podría, o no, asentarse sobre zona geográfica tan apetecida.

Edward Goldman era un letrado neoyorquino con sólida esqueletura, de cabello entrecano y ralo, habituado a dirigir juntas y comités. «Más que trabajar, lo que hago es reunirme todas las horas del día, con gentes dispares, en mi firma de abogados de Wall Street», solía decir con no poca dosis de filosofía. Pero en aquella ocasión se veía incapaz de adivinar una línea de progreso para salir de la trayectoria errática en que había entrado la discusión. Acariciándose el mentón, prominente y ligeramente adiposo, resumió:

—Por desgracia, discrepamos en lo fundamental. ¿Qué queremos para el área Sur-2? —En realidad dijo S-2—. ¿Es una dictadura lo más seguro para controlar nuestras inversiones... y nuestros beneficios? ¿O por lo contrario preferimos la democracia de corte atlántico? ¿Qué queremos?

—Sabemos lo que no nos interesa —dijo James Davidson, entrecerrando los ojos glaucos, que brillaban tras sus gafas redondas de cerquillo de oro—. No nos conviene la inestabilidad de la zona.

—¿Qué propones, James? —preguntó Goldman, echando la cabeza hacia adelante y apoyando sus robustas manos sobre la mesa.

—Hace ya tiempo que estoy pensando en ello...

Se interrumpió, midiendo lo que iba a proponer.

—¿Y bien?

—Todavía no lo he madurado... del todo.

James Davidson conservaba el hablar de Oxford, y solía aproximarse a los problemas con razonamientos que recordaban su primer ciclo universitario consagrado a las ciencias exactas.

—Tienes algo *in mente* —afirmó Sweering, mirándole por encima de los cristales de sus lentes al estilo Truman.

—Sí —repuso James.

—¿Y bien? —insistió el bávaro, peinándose los pocos cabellos pajizos que aún sobrevivían en la cima de su cabeza de huevo.

—También yo estoy interesado en conocer sus planteamientos, señor Davidson —apremió Takeda.

Era el único que se obstinaba en llevar corbata y mantener el «usted», hablando casi sin despegar los labios, y mirándole interrogativamente con sus ojos rasgados, que a pesar de su edad conservaban todavía la vivacidad del oficial que fue en la marina del Sol Naciente.

—Temo que mi idea pueda parecer frívola. Pero, ahí va...

Los magnates del Consorcio permanecían silenciosos, pendientes de lo que iba a decir Davidson. Él se demoraba, disfrutando el momento, y, ¿por qué no decirlo?, dando una tilde de suspense para tensar la atención del auditorio de tres privilegiados, que se reunían en la heterodoxia de aquella salita sin más decoración que el Mediterráneo vivo detrás de las cristaleras que sustituían a la paredes.

Davidson extrajo del bolsillo interior de su chaqueta a rayas, azules y blancas, un rotulador rojo. Tomó una cuartilla del centro de la mesa. Escribió en mayúsculas: «HAY QUE VACUNAR AL MERCADO SUR-2», y la hizo circular de mano en mano.

James Davidson expuso, con su tono más persuasivo, el esquema del plan razonando en voz baja. Le hicieron muchas preguntas. Detalles y más detalles. Discutieron el asunto durante más de dos horas, y no llegaron a aprobar su proyecto vacuna. Sólo aceptaron la ejecución de la fase preliminar. «Hay que hacer un test antes de decidir una operación de esa envergadura.»

El Consorcio agrupaba intereses industriales y financieros a todo lo ancho de eso que se conoce por Mundo Occidental. Tenía más fuerza que cualquier Estado, y no constaba en papeles, ni escrituras de constitución. Sus miembros no se habían molestado en disimularlo ni maquillarlo siquiera bajo ninguna de las fórmulas bobaliconas que dan de comer a ejércitos de funcionarios y leguleyos. No era ni más ni menos que la reunión de cien de los hombres de negocios más influyentes. El «consejo de los cien», como solían autodefinirse.

Se reunían una vez al año, y delegaban el cumplimiento de sus iniciativas a un *petitcomité* ejecutivo de cuatro miembros: los cuatro hombres que se sentaban alrededor de aquella mesa elíptica. En la última sesión plenaria del Consorcio se había señalado como asunto prioritario estabilizar el importante mercado situado en el área geográfica Sur-2. Recibieron el encargo de hacerlo simplificado en el *mensajegarcía*: «Hagan el trabajo, y no nos expliquen cómo.»

Rodolfo Laguna, a sus sesenta y muchos años, solía autodefinirse diciendo: «Soy un *finanssiero.*» Ese eufemismo disimulaba el ir sumando herencias, sin fallo, generación tras generación.

A principios de siglo, sus ascendientes tuvieron el acierto de dar aire industrial a un patrimonio que en esencia conservaba demasiadas hectáreas de secano y corte dieciochesco, para entrar en negocios que apuntaban a un objetivo común: todos terminaban por abastecer al Estado.

Hoy, Rodolfo, tras saber rodearse de lo más granado que podía ofrecerle la bolsa del trabajo de ejecutivos profesionales, «lo mío es el olfato para saber elegir mi gente», se limitaba a controlar la fortuna desde el despacho madrileño de la calle Velázquez, frente al «Hotel Wellington», en el que sólo admitía la presencia de cuatro de sus empleados: Alberto Valle, economista treintañero que estaba presente en casi todos los consejos de administración de sus empresas, haciendo a las mil maravillas el papel de sabueso, alternando sonrisas infantiles con pullas aceradas; Rojas, contable de confianza de toda la vida y sus dos secretarias, Charo y Mariví.

El financiero volaba con cierta frecuencia a Barcelona y allí seguía de cerca la única operación que había logrado alterarle el sueño, cosa que le era desconocida hasta entonces.

Aprovechaba los viajes para distraerse en lo que solía llamar *safaris* cuando tomaba copas con camaradas de monterías, y sus *safaris* barceloneses consistían en seleccionar una buena pieza con quien encamarse tras recorrer parsimoniosamente las columnas de los diarios en que se anuncia el puterío y sus habilidades parasexuales.

Rodolfo era, desde siempre, hombre de hábitos. Pasajero de primera, y de whisky con dos cubitos de hielo, acostumbraba llegar al aeropuerto del Prat a media tarde. Se dirigía a un aparthotel de Pedralbes, se metía en la bañera y, en remojo, leía de arriba abajo la sección entera de «relax» y «contactos». Una vez seleccionados dos o tres teléfonos, se complacía en prolongar cuanto daba de sí el diálogo a través del hilo, disfrutando de su inconsciente inclinación hacia esa forma de procacidad. Finalmente apalabraba la noche, tras exigir todo tipo de detalles y habilidades sobre la «gatita», como las llamaba. Antes de colgar el auricular soltaba «podemos quedar... pongamos a las dos de la madrugada, en mi habitación».

Acallaba las protestas de las celestinas, por lo intempestivo de la hora, alargándose poco a poco en su oferta de dinero, hasta cerrar el trato.

El financiero estaba iniciando uno de sus rituales barceloneses, descendiendo con premura del taxi que se estacionó frente a «Tartarín», en la parte alta de la ciudad. Las lluvias primerizas del otoño hacían acto de presencia en aquella noche neblinosa y, para protegerse del agua, ganó en tres zancadas la puerta acristalada del restaurante. Pepe le recibió atusándose el mostacho a lo káiser y, tomándole la gabardina, le condujo a la mesa del altillo donde ya aguardaba un cincuentón sonrosado y menudo, de reluciente calva.

Rodolfo subió los cuatro peldaños de madera con notable agilidad, y avanzó hacia su amigo para darle un par de palmadas con su huesuda mano.

—¡Qué hay, Héctor!

Rodolfo Laguna era hombre de buena estatura y recias carnes. Su cabello absolutamente encanecido permanecía separado en dos por una raya exacta. La cara ligeramente abotagada, por el cotidiano buen yantar y mejor beber, se veía cruzada por un bigotillo estrecho y rectilíneo que no armonizaba con sus rasgos grandes ni con su nariz carnosa.

Como aperitivo pidieron el mismo vino que iban a tomar durante la cena, «Cáceres del 70», y su cháchara sobre la perdiz cordillerana, de Chile, les hizo olvidar la carta que tenían delante.

Pepe se acercó para sugerirles entrantes con *llenegues* y solomillo de toro lidiado en la misma Monumental. Los dos aceptaron sus consejos, y volvieron a lo suyo: «Es más chiquitilla la cordillerana... Tiene las alas en punta... Es muy fuerte, pero no hay quien se la coma.»

En cuanto los camareros llenaron a medias sus altas copas y sirvieron los primeros platos, se alejaron, por fin, para que pudieran despacharse a gusto.

El financiero bajó la voz.

—¿Cómo va lo nuestro?

—Va. —Y acariciándose la calva—: Aunque hará falta más tela. Todo cuesta un *güevo*.

—¿Cuánto me tocará, al final?

—Difícil me lo pones. —E hinchó sus fláccidos carrillos, para expulsar el aire sin prisa—. En un operativo como éste vale la pena rascarse la cartera.

—Es de cajón. No lo discuto. —Rodolfo Laguna abrió mucho los párpados—. Sólo te pido que me digas lo que va a costarme el sarao. Y santas pascuas.

—Pongamos el doble de lo previsto. Moverse sin llamar la atención resulta caro.

—Ya —exclamó con poca convicción.

—¿Te parece demasiado? —preguntó el hombrecillo, mirándole de hito en hito.

—Si sale bien, tirado. —Se interrumpió, fijando sus ojos pardos en la etiqueta de color arcilla de la botella de Rioja—. Pero si sale mal..., que Dios nos coja confesados.

—Muchos de nosotros arriesgamos el tipo.

—Y yo, tipo y hacienda —salmodió para sí mismo, sin esperar respuesta.

Durante la cena, el financiero escuchó con atención los proyectos de Héctor, interrumpiéndole de vez en cuando para pedir alguna que otra aclaración. No pronunciaron un solo nombre o apellido. En contadas ocasiones se refirieron, por sus motes, a personas bien conocidas.

Al terminar los sorbetes, Rodolfo quiso saber las fechas y el momento exacto de la culminación del plan. Mientras escuchaba el hililo de la voz gangosa de su compañero de mesa, paseó los ojos por el aparador con espejo ovalado que tenía enfrente, por el artesonado del techo, por las pantallas de pergamino adosadas a la pared. Palpó el rugoso mantel de hilo blanco, y por fin dijo con sequedad, acentuando su deje rondeño:

—¿Cuándo, coño, será?

Héctor bajó la voz, y le confió hora, día y mes.

La patrona, enfundada en un delantal blanco y vaporoso, dejó la cocina para despedir a Rodolfo. «¿Todo bien?» El financiero asintió con la cabeza y sonrió diciendo: «Hasta pronto. La semana que viene tengo que volver por Barcelona; espero que todavía os queden *ous de reig.*»

En su camino hacia la puerta de salida, el sonido de los «Church» que calzaba Rodolfo, destacó por encima de los murmullos de voces tibias que no lograban traspasar el perímetro de sus propias mesas, confundiéndose con el rumor sordo del aire acondicionado.

Ya en el vestíbulo, el financiero se despidió de Héctor Villamediana, y terminó diciendo para tranquilizarle: «La semana próxima te daré una buena inyección de dinero..., a ver si alegras esa cara.»

Rodolfo Laguna empezó el itinerario habitual tomándose un whisky en el bar del «Teatro Arnau», en pleno Paralelo. Le gustaba ver el escenario desde aquella atalaya colgada por encima del gallinero, y separada del teatro por un ventanal de ancho vidrio que daba al lugar cierto aire de exclusividad. Apenas si miró un par de veces el espectáculo de abajo. Prefería la charla picante del *barman,* que le conocía de antiguo, y le ponía al corriente de los dimes y diretes que tenían que ver con *vedettes* y coristas, cómicos y gentes de varietés.

Siguió su ronda, y se metió en el «Sam's Cabaret», en una bocacalle oscura del Barrio Chino. Un portero, de chaqueta descabalgada y estrecha de sisa, le saludó con gesto servil:

—Buenas noches, don Rodolfo.

—¿Qué tenéis hoy?

—Lo de siempre... —Y guiñándole el ojo, en una mueca que le llevó a torcer toda la cara estrecha y lechosa, añadió—: Y una nueva chavala que hace magia.

—¿Se empelota, o sólo hace esas coñas de los pañuelitos de colores?

—También se empelota. Y está muy, pero que muy *güena* —aseguró el portero, relamiéndose y esbozando una sonrisa acanallada.

—Mejor. ¡A ver si me pone cachondo, y me sirve de aperitivo para la que me espera en el hotel!

—Usted sí que sabe...

El financiero le metió un billete de quinientas en el bolsillo superior, y dijo:

—Espero que me pongáis en el reservado.

—Está hecho.

Le acompañó. Buscó al *maître*. Entre los dos le acomodaron en un palco, a la derecha del pequeño escenario, y al abrigo de las miradas de quedonas y parroquianos que llenaban a medias el mal ventilado semisótano.

Sin que Rodolfo pidiera nada, el propio *maître* le trajo la botella de escocés, y un cubo ligeramente ahorterado de plástico negro rebosando hielo. Se sirvió, y se dispuso a seguir las evoluciones de una rubia mal tintada, que gastaba capa recamada de bisutería barata, y acabó por descubrir un cuerpo enflaquecido, todas sus costillas, y fugazmente las entrepiernas.

Siguió un humorista que se empeñaba en hacer salir el *ñacañaca* en cada chiste, esforzándose por ejecutar el repertorio de gestos que se supone que hacen los homosexuales. Terminó por presentar el siguiente número, *sado*, con voz estridente, que rompió de tanto forzarla buscando ecos atiplados.

Las luces de colores centelleaban desde sus casamatas diseminadas por techo y columnas. Se elevó el estruendo de la grabación unos cuantos decibelios y, entre escasos aplausos de compromiso, apareció en escena una forma humana con cazadora de cuero bruñido. Su cuerpo gozaba de generosas formas, pero ocultaba la nuez de Adán bajo el pañuelo color cinabrio. No se podía asegurar si era mujer o no, aunque la perfección de sus hechuras daba que sospechar.

La voz en off anunció: «El "Sam's Cabaret" les ofrece... saaado.»

El financiero, aburrido, consultó la hora y llamó al camarero para preguntar cuánto faltaba hasta el último número. «Será el próximo, señor.» Decidió aguantar el simulacro de autoflagelación, y la caída de correajes y demás atavíos, siempre negros. Sólo le interesó la última prenda por mera curiosidad. Quería comprobar que estaba ante un travestido con mucha cirugía, pero sin haber alcanzado aún la culminación. «Debe de estar ahorrando para que le corten las pelotas.»

Desde la negrura de la moqueta acrílica y barata que lo envolvía todo surgieron haces de luz violácea, que convergieron sobre la silueta de una mujer pechialta de carnes prietas, cubierta por un capuchón turquesa. Calzaba sandalias acharoladas, vestía *trajepantalón* color marengo, y saltó desde el escenario para mezclarse con el público e iniciar su primer juego de manos mientras la voz en off anunciaba: «Strange..., la reina de la magia y el *strip-tease.*»

Durante varios minutos encandiló a la concurrencia con la habilidad de sus manos, sin más ayuda que un mazo de naipes, floreando, peinándolos y acertando cartas a tirios y troyanos. Los aplausos, que se hacían más espontáneos y numerosos cada vez, atrajeron la atención del financiero que llegó a sacar la cabeza, en un par de ocasiones, por encima del biombo para seguir sus caracoleos entre las mesillas.

Prosiguió la actuación regresando arriba. Tomó un largo estilete que descansaba en la superficie de la mesilla llena de cachivaches, lo mostró al público con solemnidad, inició una extraña danza zigzagueante, hizo como si se lo fuera a clavar en el vientre, volvió a bajar, continuó bailando entre la gente simulando que iba a hincarlo ora en una chica ora en un cliente. Regresó al escenario, repitió la suerte de representar su autoinmolación, y se metió sonriendo en el reservado de Rodolfo Laguna. El volumen del sonido era, ya, casi insoportable.

Él clavó los ojos en la tiesura de sus pechos, y ella, a su vez, hundió el estilete hasta la misma empuñadura, atravesándole el corazón. La sorpresa y el playback ahogaron el rugido del financiero, que se derrumbó acuchillado, resbalando desde la silla hasta el suelo, sin que nadie le viera, víctima de la discreción de su emplazamiento.

Strange, la reina de la magia y el *strip-tease,* regresó al centro de las tablas sin el acero y, danzando entre el público, se escurrió para ganar la calle y perderse por San Pablo, el Paralelo y más allá, mucho más allá, en la oquedad de la noche.

—Ya está —dijo por teléfono, desde una cabina callejera y solitaria.

El abogado Licinio Salinas (a quien todo el mundo llamaba Lic, o Salinas) tenía un buen número de los rasgos que se ha dado en simplificar con el adjetivo «mediterráneo». Piel cetrina, talla mediana, ojos brillantes y sobre todo el estar enviciado en vivir cada momento de la vida. Aquella tarde lluviosa estaba gozando del suave discurrir de las horas sentado detrás del escritorio inglés de alas, en su despacho de la Plaza Mayor de Madrid, disfrutando la taza de café recién molido que acababa de servir Marisa, su secretaria. Encendió un cigarro cortado, y se dispuso a proseguir la lectura del ciempiés que contenía un grueso legajo de documentos que le había hecho llegar un cliente de la industria química: «Si sois la leche; contamináis como diablos y os quejáis, encima, si os leen la cartilla.»

Estaba tomando notas envuelto en su aroma predilecto, mezcla del humo de tabaco con las nubecillas de su tacita de Limoges, cuando el zumbido del interfono le vino a perturbar. «El señor Valle al teléfono.»

Salinas interrumpió pronto el preámbulo de Valle:

—Últimamente voy loco de trabajo. No paro... —Y, entrecerrando los párpados, le soltó—: Ya he leído lo de Rodolfo en los periódicos.

—Sí —siseó sin que pudiera adivinarse qué quería decir.

—¿Vas tras el asesino?

—No. Su esposa quiere que lo lleve la Policía.

—No te conformas con quedarte fuera, ¿eh?

—No —negó, para proseguir en tono grave—: Oye, Lic: me gustaría verte.

—Cuando quieras.

—¿Mañana? —sugirió, hojeando la agenda, atestada de citas y apuntes crípticos.

—Me va. —Y tratando de frivolizar un poco, añadió—: Hablamos de cosas serias y luego te invito a comer, ¿de acuerdo?

Marisa tenía el prurito de guardar periódicos y semanarios atrasados de todo el mes, y no le resultó difícil preparar la carpeta con recortes de lo que se había publicado en torno al «caso del financiero asesinado en el Barrio Chino», como venían llamándolo los periodistas. Se quedó en la oficina un par de horas más, hasta que pasadas las nueve terminó de clasificar las noticias. Volvió a dejar cada cosa en su sitio y, antes de ponerse el impermeable negro, recompuso con minuciosidad las horquillas del moño de cabello gris, mirándose en la luna repulida del pequeño cuarto de baño alicatado de blanco, que olía siempre a aroma sintético de pino.

Al día siguiente, cuando el abogado Salinas fue a sentarse ante su mesa forrada de cuero verde, se encontró con los recortes de Prensa subrayados de distintos colores. Amarillo para las implicaciones económicas del caso, rojo para los hechos de sangre, y azul para la hipótesis que formulaban los firmantes de los artículos. Su secretaria entró a consultarle algunas cosillas que pensaba hacer durante la jornada, y también a recibir el «gracias, Marisa, me ha preparado un *dossier* digno de la CIA». Ella alivió las comisuras de los labios en una mueca casi imperceptible, fue a instalarse en sus dominios del añejo recibidor metamorfoseado en recepción, e inició las llamadas telefónicas que ya tenía previstas.

El abogado solía trabajar tomando notas con un lápiz del

número dos, para dibujar en esquemas cuanto afectara o pudiera rozar sus casos. Se puso a resumir, sobre una cuartilla, los datos que iba entresacando, uniéndolos por líneas que buscaban nexos. Hizo una lista, y tras releerla un par de veces se dijo: «Le estaban esperando, sabían que acostumbraba ir de pendoneo por el "Sam's Cabaret" y allí le hicieron la cama.» Se disponía a seguir cuando sonó el timbre de la puerta, y poco después Marisa anunció: «El señor Alberto Valle.»

Alberto era hombre de poca estatura. Y entró con su andar de pato abriendo los pies, sacando culo y avanzando a pasos cortos y rápidos. Saludó afectuosamente, sonriendo: «Hola, Lic», y colocó su carterita con cierre de cremallera sobre uno de los sillones. El que había sido hombre de confianza de Rodolfo Laguna mantenía inclinado hacia atrás su cabello castaño, moteado de canas incipientes, dominándolo con un fijapelo *natural look*.

Vestía siempre trajes oscuros, que se diferenciaban entre sí únicamente por ser grises o azul marino y el tipo de rayita que los surcaba de arriba abajo. A veces, como única nota de color, se permitía corbatas llamativas. La que llevaba aquella mañana era de color vino.

Alberto Valle se sentó en un sillón maldiciendo la lluvia que caía a plomo. «¡Vaya otoño, éste!» Viejo camarada de Salinas, su relación era de esas que después de rachas de trabajar juntos a diario, codo con codo, pasaba por lapsos de letargo en que ni se veían ni se llamaban. En cuanto se arrellanó, encabalgando las piernas, fue al grano.

—¿Me puedes echar una mano? Quiero saber por qué mataron a Rodolfo.

—Puedo intentarlo.

—Hay un problema.

—¿Sólo uno? —objetó Lic Salinas con sorna.

—Quiero decir que hay un problema previo.

Hizo tamborilear los dedos sobre la mesa de cristal.

—¿Cuál es?

—No te voy a poder pagar.

Alberto Valle aflojó el gesto y esbozó una sonrisa infantil, que era su mejor arma.

—¿Cómo dices?

Fingió no haberle oído con claridad.

—No tengo monei —se quejó—. La viuda se niega a iniciar una investigación privada sobre la muerte de su esposo. —Elevando las cejas y torciendo ligeramente la boca de labios secos, prosiguió—: Quiere olvidarse de todo... Pero yo pienso tirar p'alante.

—¿Qué piensas hacer?

—Poner el caso en tus manos.

Se hizo un silencio. Salinas se levantó del sofá y dio varios pasos haciendo crujir el entarimado de espiga, hasta apoyarse en el canto de la librería que cubría toda la pared. «Si no fuera por las muchas juergas que nos hemos corrido juntos, te mandaba a *tomarpolculo.*»

El abogado pensó en su vieja teoría de trabajar el mínimo, ingresar el máximo, y no meterse en ningún asunto sin cobrar por anticipado un buen pellizco. «El gachó me propone una herejía, una herejía, una herejía..., una puta herejía.» Alargó aún más su rostro anguloso, para adelantar el maxilar inferior en un gesto que le daba aspecto hocicudo. «Encima, el asunto puede ser peligroso... Vaya ganas de joderme la calidad de vida... Aunque...» Y terminó por preguntar:

—¿Qué te hace querer destapar lo que pueda haber detrás de la muerte de Rodolfo Laguna?

—Le apreciaba. Le quería de veras. Estuve a su lado desde que saqué la licenciatura.

La cara de Valle se hinchaba ligeramente cuando hablaba de algo que le importaba.

—¿Sólo es eso?

Se tocó las gafas de carey en un tic ritual.

—No. No es sólo eso. También quiero enterarme de lo que pasa. Si los negocios de Rodolfo tienen algún aspecto que...

—Quieres saber el terreno que pisas, ¿verdad? —El abogado señaló su nariz recta, y se la golpeó como si percibiera un hedor a podrido—. Si la causa del asesinato está relacionada con sus empresas, tienes motivos para preocuparte..., porque has sido la sombra de Laguna en todas partes, y estás en casi todos los consejos de administración de sus sociedades.

—Sí —admitió mirando al ventanal con sus ojillos pardos y redondos.

—¿Notaste en él alguna cosa rara durante los últimos tiempos? —indagó Salinas pasándose la mano por su mata de cabello lacio, rebelde y muy oscuro.

—No. —Alberto se interrumpió para reflexionar, tentándose los labios—. Quizás estuviera un poco más nervioso de lo habitual.

—¿Tenía motivos?

—No. —Y añadió con rapidez—: Al menos, que yo sepa.

—¿Conoces algún asunto que llevara él solo? —Extendiendo sus manos sensitivas aclaró—: ¿Sospechas que pudiera tener alguna actividad poco clara?

—Bueno... —repuso, y prosiguió con un hablar trompicado—, lo del... dinero negro.

—¿Qué quieres decir?

—Yo intervenía en las operaciones que pueden reflejarse dentro de la Declaración de Hacienda oficial —aclaró justificándose, para bajar su voz nasal de un modo inconsciente y secretear—: Pero Rodolfo llevaba personalmente lo que no se declaraba... Dinero en el extranjero... y cosas por el estilo.

—¿Nunca interviniste en eso?

—Nunca. Me tenía confianza, pero hasta un cierto límite. Para justificar su reserva, solía decirme que no le gustaba enseñar el culo.

—¿Con quién se relacionaba para materializar los negocios atípicos?

Dijo «atípicos» sonriendo.

—Lo ignoro. Debía de efectuarlos fuera del despacho.

—Alberto, tienes que comenzar por ahí.

—¿No me vas a ayudar? —preguntó, abriendo mucho los ojos y elevando las cejas en un gesto de inquietud que le aproximaba más a los cuarenta, de Lic, que a su recién estrenada treintena.

El abogado permaneció en silencio y apoyó todo el peso de su cuerpo, de muchos huesos y pocas carnes, en un solo pie. «Trabajar por nada va contra natura. Es de memos. Irracional.»

Alberto Valle insistió:

—A veces, para ganar hay que empezar por perder. La herencia de Rodolfo Laguna puede convertirse en tu nuevo filón. ¿Qué me dices?

Salinas, aunque no lo aceptara, tenía una razón de peso para dejarse persuadir. Hundió las manos en los bolsillos del blazer casi negro y, enseñando los dientes largos y pulimentados, propuso:

—Los gastos los pagarás tú. ¿Vale?

—Hecho. Procura gastar poco. Vivo de un sueldo. Veremos cuánto dura. No es seguro que me confirmen como administrador.

—¿Quiénes heredan?

—Aún no conozco el testamento. Supongo que el hijo del primer matrimonio de Rodolfo Laguna y su actual esposa. Bueno, su viuda. —Se corrigió, para terminar por decir—: La primera mujer murió de cáncer, hace ya mucho tiempo.

—¿Laguna se casó luego con una chica joven? —murmuró Lic.

—Sí. Todavía parece una chiquilla.

Alberto Valle pesaba unos kilos de más, aunque sudaba y sudaba, dos veces por semana, corriendo detrás de la bola en un club de *squash* (o de «tenis de cárcel», como solía llamarlo el abogado Salinas). Su piel amarilleaba y solía romperse en minúsculos puntitos rojos, residuos de los destrozos que se infligía en sus severos rasurados con la gillette. Al hablar, acentuaba el deje maño siguiendo los pasos de su mentor, Rodolfo, que se esforzaba por conservar el sello sureño de los abuelos. Alberto devoraba cada día las páginas asalmonadas del *Financial Times,* por ser objeto de culto para Rodolfo Laguna. El diario británico podía definirse como su lectura de cabecera. Desde que empezó a trabajar en el despacho del financiero, se lo tomó como un reto, y pasó meses luchando con sus gráficas, tablas y giros hasta llegar a dominarlo tras un esfuerzo que representó su auténtica reválida. «Ya lo entiendo de cabo a rabo, ya soy economista de veras.»

Valle se puso en pie. «¿Puedo hacer una llamada?» Telefoneó a la oficina, utilizando el aparato del escritorio, para comprobar si «había alguna novedad». Mientras le ponían al corriente, Lic aprovechó, y pidió a Marisa: «¿Nos hará unos cafelitos cortos?» Cuando regresó al despacho, Valle ya había colgado el auricular. Se acercó al abogado para darle una palmada en la espalda sin decir palabra, y se recostó en la única pared que no estaba atestada de libros. Salinas, sentado detrás del escritorio, empezó a resumirle con su voz oscura lo que había sacado en limpio de los recortes de Prensa:

—Repasando estos papelotes, he anotado algunas dudas. ¿Por qué quisieron matar a Rodolfo Laguna precisamente en el reservado de un cabaret de medio pelo? —Miró por encima de las gafas al economista, que empezaba a relajarse. ¿Por qué no le acuchillaron en cualquier esquina del Barrio Chino? Con lo fácil que lo tenían... ¿Qué hizo antes de ir al «Sam's Cabaret»? ¿Por qué fue a Barcelona?

—Recuerdo algo que quizá pueda ayudarnos. —Sus carrillos se hincharon levemente—. Le propuse una reunión y me dijo que no podía aplazar su viaje a Barcelona—. Adelantándose a la pregunta que Salinas tenía en la punta de la lengua, agregó—: No me dijo más.

—Ya —suspiró el abogado mientras se arreglaba la corbata de seda azul marino—. ¿Qué negocios tenéis por Barcelona?

—Rodolfo participa... Bueno, participaba en una empresa de confección, pero el consejo no se ha reunido desde el verano.

—¿Con qué frecuencia iba?

—Acostumbraba hacerlo una o dos veces al mes. Últimamente cada semana.

—¿Por qué aumentó la frecuencia?

—Estamos en otoño. Solía organizar cacerías con sus conocidos. —Dijo «conocidos» con retintín, para diferenciarlos de los amigos—. Le gustaba hacer negocios entre cartucho y cartucho.

—¿Quiénes son esos conocidos?

—Tengo relación con algunos de ellos. Puedo hacerte un resumen de sus señas y vinculación con Rodolfo.

—¿Cuándo lo tendrás?

—Mañana te lo haré llegar por un motorista. —Valle tomó nota en su agenda de «L'Expansion»—. Así tendré la tarde para reflexionar y repasar la lista de teléfonos del despacho.

—Alberto —dijo Salinas, escrutándole con ironía—, ¿qué crees que llegó a ocurrirle... a Rodolfo?

—No sé —balbuceó, tensando y estrechando los labios.

—¿Sospechas de alguien?

—No.

—Me refiero a... sospechas intuitivas, aunque no tengas indicios claros.

Valle negó de nuevo. Esta vez con la cabeza.

Salinas permaneció en silencio. «Ya es raro, ya, que no le hayas puesto la proa a nadie.»

Alberto Valle seguía sus cavilaciones con mirada oblicua, hasta que por fin el abogado propuso:

—¿Vamos a comer...? Entre plato y plato, me puedes explicar la vida y milagros de Laguna.

Al decir adiós a Marisa, la secretaria aprovechó que Valle le daba la espalda para fruncir la boca y mirar a Salinas con ojos de «aquí hay gato encerrado».

El reactor de «Varig» cumplió con precisión el plan de vuelo desde que despegó de Lisboa, y ya iniciaba la maniobra de aproximación a Río de Janeiro, descendiendo con parsimonia entre trotecillos discontinuos. El cielo se veía aquietado y luminoso. «River of January», se dijo James Davidson complaciéndose en comprobar que aún recordaba que Gaspar de Lemos llegó hasta aquellas tierras un mes de enero de principios del siglo XVI. James solía tomarse la vida como una representación continua, en la que público y crítica quedaban reducidos a una sola persona: él mismo. Pasaba muchas horas pensando en lo que había hecho, y en lo que había dicho, ensañándose en autocríticas sin contemplaciones. Acostumbraba agredirse con un *I'm a yuppie.*

La voz de la azafata, monocorde y nasal, repitió sus jaculatorias: «... Por favor no fumen y mantengan los respaldos de sus asientos...» James aplastó el pitillo sin filtro, haciendo reventar la colilla bajo la presión de sus dedos teñidos por la nicotina, y el papel de fumar se agrietó dejando asomar hilillos de tabaco de Virginia.

Río se hacía más y más corpóreo. Montes e islas exuberantes, aguas terrosas, mar verde. Parecía como si la vegetación se hundiera en el océano Atlántico. Por fin el aparato tocó tierra, y Davidson se resignó a esperar su avión de enlace con São Paulo, inmerso en un calor húmedo y pegajoso. Notó la cabeza vacía, y la noche pasada en el aire empezó a pesarle sobre los hombros. Alrededor de sus ojos se hacían perceptibles dos cercos azulencos. «Menos mal que he dormido casi todo el rato: el antifaz, los whiskies, el champán...»

Mientras se rasuraba sin prisa con una pequeña maquinilla de pilas, lamentó tener que pasar de largo por Río. «Ni tiempo de dar un paseo por la *praia de Ipanema.*» Al repeinarse la raya de su cabello, muy claro, pensó en la cita que lo llevaba al «Hilton» de São Paulo, y su boca dibujó una sonrisa asimétrica.

Tras el vuelo corto, que aprovechó para ordenar los papeles de su cartera de piel color tabaco, apareció en el horizonte una masa multiforme e inquietante de cemento, que reflejaba los tonos ambarinos de la luz del mediodía. Era la gigantesca aglomeración urbana de São Paulo.

Un sedán negro, con cristales ahumados, esperaba su llegada en el estacionamiento reservado para notables. El chófer, de piel oscura, tomó sus dos maletas flexibles, pero ignoró su cartera de mano. El ronroneo del «Mercedes» hizo las veces de nana. James fue cabeceando mientras el automóvil le mecía y serpenteaba entre el tráfico abigarrado y heterodoxo.

En un par de ocasiones observó con extrañeza, y mueca reprobatoria, edificios de estuco rojo, o verde loro, que coexistían en difícil armonía entre los rascacielos de cristal y hormigón.

Al identificarse en la recepción del «Hilton» le entregaron un mensaje: «A las nueve, en el restaurante del piso treinta y dos.» Firmaba Goldman, con su apellido escrito con trazo grueso y letra angulosa.

Se despojó del traje de alpaca «Príncipe de Gales», tirándolo sobre la cama. Hizo saltar por los aires la camisa de seda, y puso atención en colocar las gafillas redondas, de alambre dorado, sobre el mármol negro del cuarto de baño.

La ducha sorprendentemente fría rebotaba a presión sobre su piel y, bajo el estruendo del chorro de agua, se iba repitiendo los argumentos que consideraba cruciales para lograr el apoyo de Goldman al plan Sur-2. «Es la solución, la única vía democrática para calmar a los mojigatos y lograr estabilidad.»

Mientras se secaba la espalda, en un vaivén enérgico, su endeble osamenta se dibujaba bajo la fina piel. Aunque de poca talla, Davidson tenía un aire de cuarentón aristocrático cuando vestía con trajes caros y bien cortados, pero sin ropa se asemejaba a un arácnido plagado de pecas y huesecillos.

Desde la atalaya *aireacondicionada* del piso treinta y dos, la constelación de lucecitas de la ciudad componía un todo onírico. Una mulatiña cantaba con voz grave y sensual acompañándose al piano. Piano de cola, brillante y negro. Goldman y Davidson tomaron sus copas, tónica con ginebra para los dos, sin entrar en materia. Comieron las ensaladas, sin hablar todavía del asunto que ambos tenían en la cabeza. El Sur-2.

A los postres, Goldman preguntó:

—¿Cómo va lo nuestro?

—Como te dije por teléfono, ya se ha ejecutado la fase preliminar. —Y mirándole por encima de las gafas añadió—: Es preciso que me autoricéis *la operación vacuna.*

—En Ibiza llegamos al acuerdo de aplazar la decisión hasta que se cumpliera la primera parte del plan.

—Ya se ha cumplido.

—Muy bien. Muy bien —dijo acariciándose el cabello gris—. ¿Por qué no tratas de convencerme a mí, para que pueda ayudarte ante los otros?

James Davidson echó el tronco hacia atrás, apoyándose en el respaldo. Llamó al camarero para pedir los cafés, y se dispuso a perfeccionar el proyecto que sólo fue aprobado a medias en la Bahía de San Miguel.

—Antes de entrar en el *cómo,* te sugiero que analicemos el *qué.*

—Hablemos del qué y el cómo. —Imitó el lenguaje académico de Davidson—. Pero antes, quiero saber una cosa: ¿sigues creyendo que debemos vacunar el mercado Sur-2, con un tratamiento tan arriesgado?

—Sí.

—Te escucho.

Goldman adelantó su poderosa cabeza y entrecerró los párpados.

—Para mí... Para mí, lo esencial es saber qué queremos. —Miró a los ojos azules e intensos de Goldman, prosiguiendo tras disfrutar de un breve silencio—: El otro día, en Ibiza, aprobasteis sólo la primera parte del plan, pero me impusisteis la condición de valorar los resultados de esa fase preliminar antes de dar luz verde.

—No debe sorprenderte. Aún no habías desarrollado los detalles de tu vacuna. Ante un remedio tan peligroso es lógico que te pidamos más concreción. —Goldman se interrumpió y le miró con picardía—. James, he tenido ocasión de hablar con los miembros más influyentes del Consorcio.

—Vaya —exclamó éste, sonriendo.

—Hoy por hoy, eres un miembro importante de la Organización, pero todavía no has conseguido un patrimonio apreciable. Estás arriba por tu cerebro, no por tu dinero... ni el de tu mujer. Por eso voy a proponer que se te asigne una buena cifra en concepto de objetivos, si eres capaz de llevar a buen puerto la operación Sur-2.

—¿Qué cifra?

—Un millón de dólares, en cuenta numerada de un Banco de Zurich.

—¿Consideras que ese millón me convertirá en un hombre de patrimonio?

—No. Pero te permitirá cambiar de casa y de yate. Tu piso de Londres desmerece del cargo.

—Veo que has pensado cómo debo gastar el dinero.

—Si te lo ganas, James..., si te lo ganas.

Se mantuvieron en silencio mientras les servían café. Silencio roto por el cantar trompicado de la pianista y el tintineo de las cucharillas. En cuanto volvieron a quedarse solos, Davidson explicó con voz queda:

—¿Qué queremos? ¿Qué nos interesa que pase? —Se acodó sobre la mesa para responderse—. Queremos que el área Sur-2 quede al margen de intentonas golpistas. Las dictaduras son inestables e imprevisibles. No se pueden hacer planes serios a medio plazo. Además, los inversores tienen un cierto sentido estético, que no ético, y ponen reparos a meter sus ahorros en Compañías que operan en atmósferas más o menos fascistas.

—Hasta aquí estamos todos de acuerdo. Hay que impedir que esa zona geográfica caiga en manos de los golpistas.

—Eso no basta. —Hizo una mueca de disgusto poniendo los labios en forma de no—. Nos pasaremos la vida impidiendo complots para proteger nuestros negocios. Necesitamos dirigir las energías a potenciar empresas, a introducir nuevas tecnologías, a informatizar y robotizar las plantas. No podemos estar siempre en un ay... en el Sur-2.

James hizo una pausa para beberse la tacita de café. Su cuerpo ya había reaccionado tras la ducha, el aire acondicionado y la decoración civilizada.

Observó el rostro de Goldman, «la cosa va por buen camino», y descargó uno de los argumentos clave:

—¿Te arriesgarías a que secretos de alta tecnología cayeran en manos de un mando insurgente? —Sin darle ocasión de replicar, hundió el dedo en la llaga—. ¿Y si nos llegaran a amenazar con vender la información al otro bloque? Tendríamos un conflicto político, además del económico.

Davidson extrajo una cajetilla blanda del bolsillo interior de su chaqueta y, después de dar un par de golpecitos al *cortosinfiltro* sobre la esfera de su reloj, lo introdujo con calma entre sus finos labios.

—¿Renunciarías a situar tecnologías de punta en nuestras industrias de Sur-2? ¿Sabes las participaciones que tenemos en los mercados de consumo? ¿Eres consciente de lo que nos va a costar seguir siendo líderes? ¿Tienes presentes las cuotas de productos metalúrgicos que producimos, y exportamos, aprovechando su mano de obra laboriosa y barata?

—Ya me has dicho el *qué.* Ahora explícame el *cómo.*

—La operación se ha iniciado siguiendo estrictamente el proyecto que presenté en Ibiza. Contamos con una persona de confianza sobre el mismo terreno, y muy pronto dispondremos del informe detallado con las consecuencias de nuestra acción. Cuando analicemos los datos de campo, estaremos en condiciones de pasar a la segunda fase. Confío en tu apoyo para conseguir la aprobación en el comité ejecutivo de mañana.

A las diez en punto de la mañana el timbre sonó con fuerza. Marisa entreabrió la puerta, y ya iba a tomar el sobre que el motorista llevaba en la mano, cuando el muchacho objetó:

—Debo entregarlo a don Licinio Salinas.

—Yo se lo daré —afirmó la secretaria con sequedad.

—Lo siento. Tengo instrucciones de hacerlo personalmente.

La miró de reojo, señalando con obstinación un «confidencial» escrito con tinta roja.

—¿Quién lo envía? —preguntó ella con aire de inquisidora ofendida.

—Don Alberto Valle.

—Ya.

Marisa puso la mirada en el techo, suspiró y, sin añadir una palabra, dio media vuelta para dirigirse a la puerta del despacho del abogado. Sin llamar, hizo girar la manija dorada y, sin dejarla emitir el menor chirrido, se introdujo en el sanctasanctórum.

—Valle ha mandado un mensajero. Quiere entregarle un sobre, en mano... —dijo, añadiendo con retintín—: y se niega a confiármelo a mí.

Lic Salinas la observó con una pizca de ironía, levantándose de la mesa para salir a la recepción y preguntar:

—¿Algo para mí?

—Sí. Tiene que firmarme el volante.

Lic le echó unos ringorrangos que no recordaban, ni por asomo, la firma del documento de identidad.

—Tome.

El motorista soltó, por fin, el voluminoso sobre de color ocre.

—Puede dárselo a Marisa.

Sonrió el abogado, hundiendo ambas manos en los bolsillos, para subrayar su voluntad de no tocarlo antes de que los dedos de alabastro de Marisa lo bautizaran.

El mensajero del despacho del difunto Rodolfo Laguna les miró con guasa, dejó el sobre encima de una consola estilo Imperio, y se marchó sin decir adiós.

Lic Salinas pidió a Marisa que le limpiase el escritorio de papeles. Deseaba concentrarse en el legajo que acababa de recibir, y no quería ver sobre la mesa otros documentos que le distrajeran. Prendió un puro cortado con un mechero enchapado de plata, y desapareció en la parte del piso destinada a vivienda, para hacer unas cuantas carambolas en el billar que ocupaba exageradamente el salón. No había transcurrido una hora cuando apareció la secretaria.

—Ya tiene la mesa limpia y los papelotes clasificados. Si no fuera por mí...

Tenía el vicio de repetir lo que no necesitaba recordarle. Era evidente y él lo sabía. Marisa le daba mimos sublimados, con un cariño de sustitución de mujer madura y sola.

Sobre el escritorio sólo descansaban una tacita de café recién hecho, un vaso de agua tan fría que formaba delgadas escamillas de hielo, el cenicero de cristal relavado y el sobre de Valle, abierto con limpieza quirúrgica por el cortaplumas de Marisa.

Salinas lo leyó todo con cuidado. La información era detallista en direcciones y teléfonos de conocidos de Laguna, aunque parca en datos o hechos que pudieran aportar luz al caso. «Lo único que está claro es que el muerto tenía mucha afición a rodearse de miembros del *chollamen*», se dijo, tras agrupar en una lista los apellidos que sonaban a estraperlos, chanchullos perfumados o negocios oligárquicos.

Pasó un buen rato estudiando el organigrama del grupo de sociedades que eran controladas, con un brazo más o menos largo, desde el despacho de la calle Velázquez.

Dos cosas le llamaron la atención. El hijo de Laguna no ocupaba ningún cargo. Y recordaba que Valle tampoco lo había citado entre los inquilinos del pequeño núcleo de adláteres, que convivían con el *finanssiero* en su oficina privada. Por el contrario, Alberto Valle figuraba en varios lugares clave dentro de la estructura de empresas participadas, siendo consejero delegado en una de las financieras.

El zumbido del interfono rompió el hilo de sus razonamientos. «¡Qué raro! He dicho a Marisa que no me pasara llamadas.» La voz grave de la secretaria sonó distorsionada por el aparato:

—El señor Valle al teléfono. Le urge hablar con usted.

Alberto Valle fue directamente al grano:

—Ya conozco el testamento.

—¿Y bien?

—La viuda se queda con la parte del león.

—¿Y el hijo?

—*Peanuts* (1). Sergio heredará la calderilla.

Salinas no hizo el menor comentario. Valle prosiguió:

—Supongo que te interesará hablar con ellos.

—Sí... Empezaré por el desheredado —dijo sólo por ver cómo reaccionaba Valle, aunque no pensara hacerlo, por el momento.

—No le ha sorprendido demasiado —afirmó Alberto Valle—. Mantenía una relación muy tensa con su padre.

—¿Y la viuda? —preguntó Salinas con tono punzante—. ¿Se convertirá en una viuda alegre?

—No seas sarcástico. No es de esa clase de mujeres.

Valle alteró el rumbo de la conversación para decir, tratando de dar un cierto aire de misterio:

—He pensado en algo que puede aportar nuevos datos.

—¿Qué es?

—La agenda de Rodolfo Laguna. Me refiero, naturalmente,

(1) Cacahuetes.

a la que yo le llevaba. Él pasaba de ir por el mundo con una libretita en el bolsillo.

—¿Qué tipo de anotaciones contiene?

—Viajes, reuniones, comidas, citas de negocios...

—Me gustaría comentarla contigo —propuso Lic Salinas, antes de que Valle le anunciara que se la iba a enviar por medio del motorista.

—¿Te va a primera hora de la tarde...? A las cuatro podría estar en tu despacho. Tengo que hacer unas cuantas gestiones por la Plaza Mayor.

Salinas accedió, y se despidió con un «no pierdas de vista la agenda... Que no te la extravíen».

Aunque el abogado manifestara una extraña inclinación hacia Valle, que bien podía ser fruto de la habilidad del joven ejecutivo en gratificarle con su cantilena: «Algún día me gustaría llegar a ser como Salinas; de momento, ya he conseguido mantenerme soltero.» Lic desconfiaba de su carácter receloso y reservado, y de su obsesión por el oscurantismo.

Lic Salinas solía decirse: «A este Valle hay que sacarle las cosas con calzador. Es un jodido...» Pero tendía a ver sus manías con ojos tiernos y con buenas dosis de paciencia, aunque ésa no fuera su mejor virtud.

Ni la abstracta debilidad que el abogado sentía por Valle, ni las perspectivas de sustanciosos contratos de asesoría jurídica, que según él podría llegar a suscribir con el grupo del financiero asesinado, en un hipotético futuro (Salinas desconfiaba siempre del «futuro» aplicado a cosas de dinero), eran razones suficientes para persuadir a Lic de meterse en semejante caso. ¡Y qué decir del no cobrar...!

El motivo real que le llevó a congelar los asuntos del resto de su clientela, para ocuparse de la muerte de Laguna, sólo tocaba tangencialmente el caso, pero le hacía revivir uno de los episodios más críticos de su existencia.

El abogado permaneció en su despacho, estudiando el mazo de documentos que le iban dando pistas sobre lo que fue la vida de negocios de Rodolfo Laguna. Se comió una zanahoria cruda y bebió a pequeños sorbos todo el café de una gran cafetera isotérmica. «Hoy toca dieta.»

«¿Quién debía de manejar el dinero negro de Laguna? —se dijo, pellizcándose una mollita de la cintura que le recordaba que llevaba semanas comiendo demasiado bien—. Todo lo bueno es pecado, o engorda.»

La bulimia le hizo darse un paseo hasta la cocinilla (era una cocina pegada a una gran nevera de dos cuerpos) y, tras curiosear por las profundidades del frigorífico, Salinas se resignó a roer su segunda zanahoria. «Es bueno para la salud, la vitamina A es mi seguro de vida», se dio ánimos.

Volvió a la parte delantera del vetusto piso. Se instaló detrás del escritorio y prendió uno de los puros en forma de pata de elefante.

Cuando Marisa regresó de almorzar, le sorprendió con el cigarro en una mano y la zanahoria en la otra, saludándole con: «Una vela a Dios y otra al diablo.»

Valle apareció a las cuatro y diez. Era hombre de llegar, puntualmente, con esos diez minutos de retraso, ni uno más ni uno menos. Entró con gesto apresurado, y tras decir: «¿Qué hay, Lic?», añadió: «¿Puedo hacer una llamada telefónica?»

El abogado le observaba con una sonrisa casi imperceptible. Apenas un pequeño pliegue en las comisuras de los labios.

No fue una sola llamada, sino tres o cuatro. Por fin terminó, se tumbó en un sillón y extrajo del bolsillo interior de su chaqueta la agenda de piel negra y gastada, con las iniciales doradas de Laguna: «R. L.»

Tan pronto Salinas la tuvo en las manos, buscó la fecha del crimen entre las hojas de papel biblia, y leyó lo que estaba escrito con la caligrafía redondeada de Alberto Valle: «Barcelona, cena en "Tartarín".»

El abogado le miró con una mueca de sospecha, y espetó:

—No creo que te hayas acordado, precisamente hoy, de que tenías en tu poder esta agenda. «La has estado estudiando, a ver si pasaba la censura, y por fin has decidido enseñármela.»

—Tienes razón.

—¿Por qué no me dijiste que existía, en cuanto acepté ayudarte?

—Quería estar seguro de que te lo ibas a plantear en serio. Temí que al no cobrar a toca teja, como acostumbras...

—¿Y ahora? ¿Cómo sabes que no me lo estoy tomando a cachondeo?

—Antes, cuando hemos hablado por teléfono, me has dicho que ibas a empezar por el hijo de Rodolfo Laguna. —Y señalándole, prosiguió—: Te conozco. Lo difícil es conseguir que comiences. Luego, no hay quien te pare. Además, llamaste «desheredado» a Sergio. Cuidado con los prejuicios, amigo Lic.

—¡Oh! ¡Qué razonamientos melopeicos de aprendiz de brujo! —Tensando ligeramente los labios, prosiguió—: La muerte de Laguna te está alterando demasiado. «Valle: tú sabes más de lo que dices.»

—Sí. Reconozco que la situación me sobrepasa. —Y tratando de encajar lo que acababa de oír, continuó hablando de Sergio—: El hijo de Laguna heredó, hace tiempo, la nuda propiedad de las fincas rústicas de su madre, y vive como un auténtico feudal, visitándolas de cacería en cacería. La primera mujer de Rodolfo Laguna era una terrateniente de primera línea, en España. Que ya es decir. Y Sergio se dedica a pasearse, con sus amigos fachas, por las propiedades, escopeta en mano.

Alberto Valle iba a proseguir, pero se interrumpió, y un sinfín de pequeñas arruguitas le ensombrecieron la mirada.

—Alberto, te conozco. Sé que eres muy reservado, y tienes la manía de callarte lo que clasificas como secretos de la corona. —Salinas, en el tono más persuasivo de que fue capaz, le propuso—: ¿Por qué no te decides a hablar francamente conmigo? Dadas la circunstancias es el mejor camino y, al parecer, ya has llegado a la conclusión de que voy a meterme en el asunto hasta los codos...

—¿Qué quieres saber?

—¿Quién manejaba el dinero negro de Laguna?

—Te dije que lo ignoraba...

—Ya sé que lo dijiste.

¿Por qué tienes tanto interés en ello?

—No te vayas del tema.

—¿Por qué te interesa tanto?

—Le han matado por algo. El dinero acostumbra ser el móvil número uno. Y el negro, como tú sabes muy bien, suele explicar razones ocultas. La vida subterránea de Laguna, si la tenía, puede decirnos más cosas que los mil papelotes que me has mandado —afirmó señalando el montón de documentos.

Valle engarfió las manos, apoyándose sobre los brazos de cuero gastado del sillón, para bajar la voz y admitir:

—En el extranjero, movemos dinero extraoficial. Esa gestión la ha estado llevando Carlos Montero.

—No recuerdo haber visto su nombre en el organigrama —objetó Salinas con curiosidad.

—Ni falta que hace. ¡Vaya ganas de dar pistas al fisco! —Y echando el tronco hacia adelante, explicó—: Carlos Montero es un hombre de total confianza. Es el hermano de la viuda. Bueno, de la señora Laguna.

«La señora ha situado a su peón», pensó Lic, mientras exhalaba con cachaza una bocanada de humo, que se deshizo en volutas azuladas.

—¿Dónde tiene Montero la oficina? —preguntó el abogado, tomando un lápiz.

—Está instalado en un pequeño despacho de la calle Goya. Anota las coordenadas. —El ejecutivo le dio dirección y teléfono, para añadir—: Aunque..., no creas. No es fácil localizarle. Se pasa la mayor parte del año viajando por el extranjero.

Y cuando regresa, suele quedarse mucho tiempo en Barcelona.

—¿Tiene oficina en Barcelona?

—No. Al menos, que yo sepa.

Salinas empezó a hojear la agenda, pasando al buen tuntún las finísimas hojas. Sin mirar a Valle, propuso:

—Debemos repartirnos el trabajo. —Contando con su aprobación, sin darle tiempo de responder, preguntó—: ¿Podrías estudiar los movimientos bancarios de Laguna durante los últimos seis meses? Quizá tú puedas encontrar alguna partida que nos ponga sobre la pista de lo ocurrido.

—Ya he comenzado a trabajar en ello —le informó con recelo.

—Cuento con esos datos, Alberto —advirtió el abogado.

—Creo que podré dártelos.

—¿Crees? ¿Sólo lo crees? ¡No me jodas!

—Lic: No puedo sacar información, por las buenas.

—¿Cuándo me los darás?

—La semana próxima —aceptó.

—Y no me escamotees nada. Que nos conocemos... —El abogado levantó los ojos, dejando de pasar las hojillas—. Esta agenda la tendremos que entregar a la Policía, ¿no te parece?

—¿Y si la hubiera olvidado? —objetó con desgana.

—Ocultación de pruebas —exclamó el abogado.

—Bueno, señor leguleyo, bueno. Pero primero analízala y fotocópiala. ¿Hay alguna ley en contra?

—Leyes las hay para todo. Pero lo que dices me parece una buena idea. —Lic habló con tono socarrón—. En cuanto la haya examinado, podemos comparar nuestras conclusiones, porque tú ya la debes de haber estudiado. Y con lupa.

La reunión empezaba a languidecer, y Salinas se disponía a darla por terminada, cuando se fijó en algo que le hizo maldecir entre dientes. Se aproximó mucho a la agenda, poniendo ojos de relojero, para levantar luego la cabeza y anunciar con cierta solemnidad:

—Falta una hojilla. Alguien ha tenido que arrancarla. Aún quedan algunas barbas adheridas.

Habían insistido en que aquella noche no necesitaban chófer ni guardaespaldas. James Davidson conducía la limusina negra, y Goldman le escuchaba en silencio mientras iba bebiéndose el espectáculo fascinante de las calles de São Paulo. El *yuppie* hablaba con sordina, y elegía cada una de sus palabras, con el fin de no revelar el estado de excitación en que se encontraba después de haber conseguido que el *petitcomité* aprobara por fin su proyecto vacuna, para el mercado Sur-2, tras toda una jornada de discusión.

Para celebrarlo, acababan de cenar, los dos solos, en el «María Foló» Los otros miembros del comité habían presentado una cerrada oposición, llena de pullas y objeciones no formuladas contra el plan de Davidson. Sin el apoyo de Goldman, lleno de cartesianismo, no hubiese sido posible llegar a concluir un acuerdo semejante.

En uno de los semáforos se cruzaron con dos mulatiñas, que les saludaron esbozando sonrisas paraetílicas.

—No suelen ser profesionales. Lo hacen para poder pagarse el traje de carnaval —explicó Davidson, guiñándole un ojo.

Aunque los cristales ahumados y el aire acondicionado impedían oír las voces, ellas aprovecharon el disco rojo para sugerirles lo que pretendían, por señas.

En cuanto saltó la luz verde, el *yuppie* arrancó diciendo:

—Las mejores mujeres del mundo están en el «Licorne», cerca del hotel.

Goldman se sonrió en silencio, y Davidson siguió hablando. No podía callarse. Tenía que liberar un poco de la energía que le quemaba.

—En el «María Foló» debías haberte reservado. Ya sabes que empiezan a servir los grandes guisos a partir del sexto plato. —Y añadió con mordacidad—: Los inexpertos quedan fuera de juego antes del cuarto.

El letrado neoyorquino continuó en silencio, rememorando ahora la exuberancia de la vegetación que rodeaba al restaurante, emplazado en una casona de rancias hechuras.

Ya estaban aproximándose a la zona del «Hilton», cuando Goldman preguntó:

—¿Estás seguro de poder cumplir los plazos que has prometido esta tarde?

—Sí. Todos y cada uno de los tiempos de ejecución que he presentado, están calculados con buenos márgenes de seguridad.

—Pasadas las Navidades entraremos ya en período crítico.

—Sí. Será una operación relámpago.

Se metieron en el «Licorne», bebieron un par de copas de champán, hablaron con dos chicas (una tintada de rojo y la otra de un tono pajizo) usando jergas que recogían expresiones universales de varios idiomas, y siguieron, de vez en cuando, los números eróticos que se sucedían sobre un pequeño escenario. A ninguno de los dos se le ocurrió, ni por un solo momento, encamarse con aquellas magníficas mujeres. Ni más tarde con las que bailaban solas, levantando los brazos a ritmo de bossa nova en las atestadas pistas de las discotecas que visitaron.

De regreso, mientras andaban sin prisa, Goldman preguntó al *yuppie*.

—¿Sabes el del ejecutivo que se liga a una desconocida despampanante, en un viaje de negocios?

—No. No creo.

—El ejecutivo vive con ella durante los tres o cuatro días

que dura su desplazamiento. ¿Lo sabes?

—No.

—El día del regreso, la chica le acompaña al aeropuerto, y el ejecutivo se despide diciéndole: «Ponle Pepe.» A lo que ella responde: «Y tú: ponle Penicilina.»

Aunque bien pudiera parecer que regresaban al «Hilton», al llegar a su altura pasaron de largo, y siguieron cien pasos más allá. Se detuvieron ante el portal de un edificio de apartamentos, y Goldman extrajo una llave de apariencia broncínea. Abrió la puerta, y ascendieron al octavo piso. Allí se encontraron con el *party* que se les había preparado, y con dos coristas que cumplían todos y cada uno de los requisitos del examen exhaustivo de antecedentes, inclinaciones políticas, remotas vinculaciones con extremistas y también, no faltaría más, de cuanto tocaba a la flora y fauna de las distintas zonas del cuerpo susceptibles de adquirir algún protagonismo, durante el curso de cualquier forma de relación sexual.

El maquillaje que llevaban en el rostro quizá fuera poco llamativo. No era más que un *passepartout* que encajaba con cualquier situación. El trabajo afiligranado de la esteticienne había dejado su mejor huella a lo largo del cuerpo, para cuando se quitaran la ropa.

Goldman eligió a la rubita pelocorto, vestida con *trajepantalón* color turquesa, y ambos se sentaron en la molicie de un sofá de cojines vaporosos. Ella le empezó a explicar una versión de su vida, entre sorbitos de «Dom Perignon», mientras él hacía que sí con la cabeza, acariciándose la incipente papada.

Aunque el termostato mantenía la habitación a veinte grados, la rubia dijo que tenía calor, y se liberó de la chaqueta. No llevaba nada debajo. Goldman brindó por el acierto de tal indumentaria. «Buen golpe.»

El abogado neoyorquino se permitía, de vez en cuando, algunos despendoles controlados, que disfrutaba como si se tratase del menú de una gran mesa, y calificaba de «gimnasia de recuperación del tiempo perdido».

Davidson permanecía de pie, ligeramente encorvado. En esa postura acentuaba su delgadez, adelantando ligeramente la cabeza ósea y repeinada, mientras escuchaba la cháchara insulsa de la chica que Goldman había dejado de lado. Una morena jovencísima de larga y lacia melena, que trataba de captar su atención.

Al *yuppie* le costaba mucho esfuerzo llegar a desconectarse de los mil asuntos, siempre profesionales, que le bailaban dentro de la cabeza.

Bien que mal, y más para no desairar a Goldman que por gusto, James Davidson se dejó conducir, de la mano de la chica, hasta uno de los dormitorios. Y allí se abandonó a su saber hacer, que era mucho. A pesar de la exquisitez de su compañera ocasional, el *yuppie* mostró escaso entusiasmo, abandonándose a un juego de ternezas, y a un rito, que no logró superar la culminación mediocre. Y no fue capaz de olvidarse del proyecto vacuna ni por un solo instante.

El abogado Lic Salinas acostumbraba marcharse de Madrid unas veces los jueves, otras los viernes, para instalarse intramuros en su masía de Peratallada durante largos fines de semana, que prolongaba hasta los lunes para evitar aglomeraciones domingueras. Aprovechando el estar de paso por Barcelona, solía parar algunas horas con el fin de visitar a los clientes, «las relaciones públicas valen más que mi labia jurídica», y comprarse cosas tan cotidianas como la pasta de dientes, los calcetines, o algún libro, en los mismos comercios renegridos que frecuentaba cuando vivía bajo el paraguas familiar. Jugar a arreglar el mundo con aquellos tenderos avejentados, que se obstinaban todavía en vestir guardapolvos grises, y ponerse lápices enranciados detrás de la oreja, era para Salinas la forma inconsciente de poner flores sobre la tumba de sus padres, muertos antes de iniciar el suave declive de la senectud.

Durante años se valió del Puente Aéreo; pero lo kafkiano del Aeropuerto de Barajas, las esperas sin más, las cancelaciones caprichosas de vuelos, y la falta de información crónica fueron minando su paciencia, hasta que por fin llegó el día en que la última gotita hizo rebosar el vaso: Le tuvieron más de una hora metido en un avión, antes de iniciar el despegue. Inmóvil sobre la pista, sin que nadie se dignara dar la menor explicación. Ese día dijo «basta», y redescubrió el ferrocarril. En cuanto llegaba a la Estación de Francia se iba a recoger el *escarabajo* «Volkswagen», que dejaba aparcado en un subterráneo, frente al Palacio de Justicia. Bajaba la capota, y conducía despacio asimilando el aroma del puerto de Barcelona, mitad a mar mitad a tinglados, hasta llegar al rompeolas y estacionarlo muy cerca de las aguas verdioleosas, para perderse dentro del venerable «Club Natación». Allí, Lic resolvía la mayor objeción que encontraba al viejo invento del cochecama: el no poder ducharse.

Tras la funcionalidad higienista del poderoso chorro de la ducha, Salinas descubrió el goce de la sauna. Entre calores, olor a madera recalentada y eucalipto, uffs de semiahogo, gruesos goterones de sudor y zambullidas salpicadas por ohes de frío en la transparencia helada de la piscina de agua de mar. Depurada y aséptica, por supuesto.

La regularidad de la cadencia de las visitas al Club, le llevó a encontrarse cada semana, en cueros, con casi las mismas personas. El que resistía por más tiempo el calor seco, a noventa y pico grados, era siempre el inspector García Gómez de la Policía Judicial, con sede en el primer piso de Vía Layetana.

Lic no le había pedido favores importantes aún, pero pensaba estrenarse aquella misma mañana. Recordaba que el policía le ofreció en un par de ocasiones: «Lo que quieras, oye, lo que quieras.»

Desde que el ferrocarril salió de Chamartín, Salinas se dedicó a estudiar, con la falta de prisa que da el tener por delante una noche entera de tren, todas y cada una de las páginas de la agenda que le había entregado Valle. Fue clasificando las anotaciones que encontró, y se hizo varias listas: de nombres de personas, lugares de reunión, asuntos a tratar, documentación citada y notas marginales.

La textura sedosa de las hojillas le daba un cosquilleo agradable al principio, pero al cabo de un par de horas el movimiento corto y reiterado del pasar las páginas, adelante y atrás, le fue atontando los dedos. Para descansar, interrumpió lo que estaba haciendo y entrecerró los párpados tratando de buscar una razón que le llevase a sospechar qué podía estar escrito en la hoja arrancada. No llegó a nada, pero experimentó la indefinible sensación de presentir que se le escapaba un dato importante, y no era capaz de captarlo.

Aunque Salinas tenía buen diente, apenas si desayunó un poco de café con leche y mordisqueó un bollo insulso, acodado sobre la mesilla del vagón restaurante, mientras los ojos se le perdían entre el agua evanescente de la mar recién amanecida. En cuanto llegó a Barcelona, no tuvo otra cosa en la cabeza que hablar del caso en que estaba metido con el inspector «Garcigómez», como él le llamaba por contracción.

Durante el rito de la sauna, el abogado no habló para nada del caso, ya que estaba presente la parroquia habitual. Pero al llegar el momento de tumbarse sobre las tablas de madera, para relajarse al sol, una vez terminada la sesión, Lic se tendió junto al policía, y preguntó en voz baja:

—¿Qué opinas del asesinato de Laguna?

—¿Qué qué? —gruñó, mostrando su mala dentadura de muchos empastes foscos.

—¿Intervienes en el caso Laguna?

—Sí y no —repuso con evidente reserva—. ¿Por qué?

—Me ocupo del caso.

—No eres penalista —objetó, mirándole de reojo.

—Los asuntos de dinero son mi especialidad —afirmó frotando índice contra pulgar.

—Tela, lo que se dice tela, debe de haber mucha detrás del lío.

—¿Puedes contarme algo?

Salinas cerró los ojos, como si no quisiera darle más importancia que a los rayos tibios del sol de otoño.

—Psssé.

El policía exhaló el aire, haciéndolo silbar entre los dientes. Tensó los labios, y el rostro se le contrajo en un rictus que acentuaba su aspecto agitanado.

—¿Qué quieres decir?

—¿Qué me ofreces a cambio?

García Gómez se había incorporado y, sentado sobre la tablilla, parecía uno de esos gimnastas que pasan horas y más horas haciendo espalderas.

—Todo se puede negociar. —El abogado continuaba hablando con los ojos cerrados—. Pero, antes dime: ¿intervienes en lo de Laguna?

—Estoy en Homicidios.

—Bien —respiró el abogado, satisfecho—. Te propongo que colaboremos. El trato podría ser que tú te llevaras el mérito de cuanto logre averiguar... y, a cambio, me tuvieras al día sobre lo que vayáis destapando en Vía Layetana.

Lic tenía algunos amigos en la Policía y, cuando se trataba de proponer, algún contubernio, solía plantearlo en los términos más claros y simples, como si se tratara de lo más natural del mundo.

—Yo me llevaría las medallas y tú las buenas minutas. ¿Es eso?

—Algo hay de eso.

—¿Sabes que te digo?

—¿Qué?

—Que de eso nada, monada. Las cosas no están para cambalaches. A la mínima, te juegas el puesto.

Se hizo un silencio, y el inspector prosiguió, en voz queda:

—Te he dicho otras veces, y te repito ahora, que si un día tú —recalcó el «tú»— te metes en un lío, puedes contar conmigo. Porque eres un tipo legal —y para sí mismo, apostilló—: calo a la gente muy pronto. A ti te veo en pelota picada una vez a la semana...

—Tú te lo pierdes —se lamentó el abogado—. Es una pena que te cierres en banda. Mi colaboración bien podría daros nuevos datos.

—¿Como cuáles? —inquirió García Gómez.

Salinas esbozó una sonrisa astuta, sin despegar los labios, pero se abstuvo de pronunciar una sola palabra. El inspector le advirtió, agitando la mano al compás de las palabras:

—Ojo, Salinas. No vayas a meterte en algún asunto que te deje pringado.

El abogado era consciente de que no tenía otra opción que entregar la agenda de Laguna a algún miembro de los cuerpos de seguridad del Estado, pero se resistía a darla sin más, sin obtener a cambio información sobre el sumario. Lic estaba enviciado en negociar y renegociar, hasta conseguir sacar la mejor partida de todas y cada una de las cartas de que disponía, ya fueran ases o simple paja. La actitud de García Gómez no le sorprendió. «Come de policía, y no quiere arriesgarse... No van a ser todos como el bueno de Ruano.» Aunque el inspector acababa de manifestarse de modo tajante, el abogado insinuó en un murmullo:

—Quizá me pueda entender mejor con otros departamentos de Madrid.

Soltó el «Madrid» como una pedrada, para pensar luego: «A ver si te pongo el cohete en el culo...»

El inspector se puso en pie, y sin decir una sola palabra, anduvo con el tronco erguido y mirada esquinada en dirección a los vestuarios. Cuando llegó a la altura del bar, un compañero suyo de barba clara, que ya se había vestido y parecía un turista nórdico, le advirtió de algo. Los dos inspectores dejaron el Club, aprisa, y se fueron del estacionamiento haciendo derrapar el coche K.

Salinas permaneció inmóvil durante un buen rato, tomando el sol dorado del otoño junto a la piscina de agua de mar. Le fascinaba la atmósfera que le envolvía. Capitantes de empresa, lampistas, contables, abogados, diletantes de las más variadas extracciones... se reunían en corros para hablar de todo y de nada, luciendo trajes de baño y albornoces cuya única característica común consistía en el grado de antigüedad, y su estado: Raído, descolorido y desflecado en todos los casos.

En cuanto el grupo más cercano inició la cotidiana crítica al gobierno «no se enteran», Lic, tras desperezarse, se levantó para sumarse con latiguillos y kiries, luciendo su gracejo para zaherir a los bastiones que todavía hedían a la chamusquina de los viejos tics viceimperiales.

El abogado terminó dándose un paseo por la arena, junto al mar, cruzando la playa cerca de una hilera de patines, con las velas flameantes, que esperaban a los argonautas de un par de horas.

Paseó perezosamente, sumergiendo los pies hasta los tobillos en el agua fría y aquietada. A los pocos minutos, la imagen de Valle regresó a su mente, recordándole lo poco que había avanzado en el caso. En cuanto Salinas descubrió las barbas menudas de la hojilla que faltaba en la agenda, le pidió que tratara de averiguar, por todos los medios, qué pudo escribir allí. Las fechas escamoteadas eran el domingo, dos, y lunes, tres de noviembre.

Después de quemar todo un día en la oficina de la calle Velázquez, buscando y rebuscando sin el menor éxito en la agenda particular de Valle, y en las de sobremesa del contable y de las dos secretarias, Lic había decidido aplazar el encuentro con los miembros de la familia Laguna. Quería ganar tiempo, e intentar conseguir, antes, una versión de los hechos sobre el mismo terreno, en Barcelona. La reticencia de Carcía Gómez, poniendo peros a darle información, le causó una decepción preliminar. Y puestos a posponer la colaboración con la parte ortodoxa de la sociedad, se dispuso a tantear la heterodoxa.

Lic Salinas se comió su seudoalmuerzo sentado en un taburete de la barra del bar del Club. Ensalada vegetal, un solo vaso de agua helada y dos cafés bien cargados. «A ver si me quito, de una vez, ese par de kilos de más.» Antes de entrar en la cafetería, ya había concertado, por teléfono, una cita con Juan Puig para las tres de la tarde. Mientras masticaba las hojas de lechuga, fue pensando en lo que le iba a encargar.

Estacionó el *escarabajo* en las catacumbas del Paseo de Gracia y entró en un portal desangelado de la calle Valencia, tras pulsar la tecla del piso de Puig en el portero automático, y obtener un zumbido ronco, que indicaba que durante unos pocos segundos la cerradura quedaría desbloqueada.

El hueco de la escalera olía a comida enranciada, y en la puerta del ascensor se veía una hoja de libreta, adherida con ce-llo, con una inscripción rotulada a mano que rezaba. «No funciona.» El abogado ascendió con precaución, ya que muchos peldaños estaban abarquillados y, al llegar al segundo piso, encontró a un hombrón, que frisaba los cincuenta, esperándole con una sonrisa que le iluminaba la cara de luna.

—Pareces un paralítico. Has tardado la tira en subir.

Juan Puig señaló el cronómetro con aire socarrón.

Entraron en un despacho caótico, en el que polvo y papeles convivían con un batiburrillo de lápices, grabadoras de todos los tamaños, pequeñas herramientas, y alguna que otra copa enrobinada, último vestigio de los campeonatos de motociclismo que Puig había ganado, en tiempos.

El hombrón antes de sentarse detrás de la mesa de acero agrisado, abrió un pequeño refrigerador y tomó una botella incolora, para escanciar el destilado en un par de pequeños vasos en forma de tulipa.

—«Pera Williams», Salinas, sé que te gusta —aseguró con voz cazallosa.

Los dos brindaron «salud», y Puig vació de un solo trago el dedal de licor, tras olisquearlo arrugando la nariz corva.

El abogado le explicó, en síntesis, que se estaba ocupando del caso Laguna, hablando sin preocuparse por enlazar las frases en orden lógico, y sin mantener la menor reserva. Lic conocía a Puig de antiguo, había utilizado sus servicios en numerosas ocasiones, y sabía muy bien que, a pesar de las apariencias, tenía una buena agencia de seguimiento de personas por motoristas.

Juan Puig había iniciado el negocio en cuanto dejó las competiciones de motos, y empezó realizando personalmente los encargos montado en su «BMW 1000». «Mi caballo de acero», como solía llamarla. La puntualidad y exactitud de sus informes, en los que detallaba los movimientos de las personas a controlar, le trajeron más clientes que los que podía atender. Amplió el servicio hasta media docena de motoristas en Barcelona, que se pegaban a los talones de los vigilados, relevándose y consiguiendo pasar desapercibidos, aunque pueda parecer inverosímil. Más tarde, le fueron saliendo trabajos en Madrid, y decidió ensanchar la agencia repartiendo ganancias con un socio de Chamberí.

Lo que más le agradaba de las nuevas operaciones, no era ninguno de los aspectos mercantiles. No era eso. Lo que de veras le entusiasmaba, era tener la excusa con que hacerse su *rally* particular entre las dos ciudades, en moto, y de madrugada. «Para poder meterle caña al acelerador.»

De forma extraoficial, también realizaba escuchas telefónicas para unos pocos clientes de confianza, entre los que, desde luego, se encontraba el abogado Licinio Salinas.

En cuanto Lic terminó de contarle la conversación que había sostenido con el inspector García Gómez, Puig le interrumpió:

—Es un malasombra. Deberías habérselo propuesto al otro. Al malagueño ese de la barba.

—También va por el «Club Natación».

—Es amigo mío. Si quieres, podemos tomar una copa con él.

—¿Y Garcigómez? ¿No se va a cabrear?

—¡Qué va! El malagueño sabe latín. Ya verás cómo se torea al otro, si el asunto le interesa.

Salinas permaneció en silencio, sopesando los pros y los contras de la proposición que acababa de escuchar.

Puig, tras volver a llenar los vasitos con el destilado de pera, insistió:

—He colaborado varias veces con el malagueño, y nunca me ha dejado con el culo al aire. Es un chaval joven que quiere hacer carrera a base de usar el coco. Está estudiando Derecho... Lo digo por si te sirve de referencia. —El motorista se rascó el escaso cabello entrecano, y prosiguió—: García Gómez es harina de otro costal. Está un poco amargado. Últimamente le han caído un par de paquetes por pasarse de la raya a la hora de repartir guantazos, y anda el hombre un poco quemado. Ése no va a arriesgarse por nada ni por nadie.

—¿Cuándo podremos hablar con tu amigo? —preguntó Salinas.

Juan Puig tomó el teléfono y localizó sin la menor dificultad a Perico Carvajal, el malagueño. Le habló con familiaridad y quedaron en verse al atardecer, para tomar una copa en el «Ideal».

—Ya tenemos una cosa —dijo retrepándose en su enorme sillón de eskay—. Ahora escúchame: Conozco a un modisto de coristas y de vedettes, que se sabe hasta el color del tanga que utilizan todas las chicas de cabaret. —Y poniendo ojos astutos preguntó—: ¿Te gustaría hablar del «Sam's Cabaret» con él?

—Coño, claro.

—A sus órdenes.

Marcó el número en el dial con su grueso índice. El modisto contestó al primer ring. Y Puig, tras consultar con el abogado, sin tapar siquiera el auricular con la mano, le citó para cenar aquella misma noche en un restaurante de la calle de las Tapias. Colgó. Y adelantando la cabezota redonda, advirtió en tono cáustico:

—Te he hecho ya un par de favores. Ahora, Salinas, hablemos de las cosas de comer. ¿Qué trabajo vas a encargarme?

—El seguimiento de Sergio Laguna, hijo del muerto..., y también el de Carlos Montero.

—¿Quién es Montero?

Puig iba tomando nota en una libretita de tapas de hule,

duras y acharoladas. «La tengo para apuntar a los de la lista negra», solía decir con guasa.

—Montero es el hermano de Esperanza. Aunque tenga el despacho en Madrid, al parecer se pasa la vida viajando por el extranjero o paseándose por Barcelona. —Anticipándose a lo que el motorista tenía en la punta de la lengua, precisó—: Esperanza era la esposa del muerto.

—¿Vigilamos también a la viuda? —insinuó.

—Bueno. Sí.

—¿Intervengo los teléfonos? Si quieres puedo hacerlo. Mi socio de Madrid no será un Ángel Nieto, pero es un primer espada pinchando líneas.

—Depende del coste. Esta vez no tengo presupuesto —se quejó Lic, poniendo los ojos en un techo lleno de desconchones.

—Salinas. Siempre llorando.

—No, no. En este caso, excepcionalmente, actúo por amor al arte.

—No te creo. —Juan Puig simuló que le miraba con espanto, y preguntó—: No estarás enfermo, ¿verdad?

El motorista, dibujando cuadraditos sobre una hoja de papel, entre chupada y chupada de faria, terminó por proponer:

—Te arreglaré el precio, y no te facturaré hasta final de año. En ese plazo ya colocarás alguna minuta de las tuyas, ya..., para compensar. Eso sí. Te daré las cintas de las escuchas, y punto. Tendrás que apañarte, y buscar alguien que tenga paciencia. Son muchas horas, y me costaría un *güevo* pagar a un negro.

El abogado aceptó. «Marisa las escuchará.» Juan Puig le estrechó con fuerza la mano, sonriendo y mostrándole casi todas las piezas de su boca dientimellada.

Antes de entrar en el detalle del plan de seguimiento, Salinas telefoneó a su oficina de Madrid «por si la moscas». Marisa le saludó rezongando:

—Menos mal. Le he hecho buscar por todo el «Club Natación», pero acababa de marcharse.

—¿Qué pasa?

—El señor Valle ha llamado para decirme que le urge ponerse en contacto con usted —pronunció el «urge» con solemnidad—. Habrá telefoneado a eso de las tres.

—¿De qué se trata?

—No me lo ha dicho —negó en voz queda, y añadió—:

Está en el despacho de la calle Velázquez.

—¿Ha llamado alguien más?

—Un momento. Aquí tengo la lista...

Lic tomó nota de cuatro nombres: «Ana, el marqués, el sastre y Alex C.»

Salinas volvió a telefonear a Madrid, pero Alberto Valle ya no estaba. Una secretaria de voz entubada dijo que no tardaría en regresar. El abogado le dio el teléfono de Juan Puig, y anunció que no se movería de allí. La chica se despidió con un «llamaré en cuanto regrese don Alberto».

Aún no había transcurrido media hora, cuando el timbre del teléfono empezó a sonar, y Valle balbució con ansiedad:

—He descubierto algo que es realmente grave...

James Davidson había dormido pocas horas, entre duermevelas, pesadillas y paseos por el espacioso salón del piso. Tenía cara de mala noche y, aunque se esforzaba en aparentar que estaba a gusto, apenas lograba participar en la conversación que su esposa, Martha, mantenía con los dos hijos, Jim y Sandra, sentados en silloncitos frente a la barra baja de pino, que daba a una cristalera desde la que se dominaba la frondosidad de Regent's Park.

Los cuatro estaban desayunando en pijama, y James aseguró que «como casa, no hay nada», mientras la mente se empecinaba en recordarle que al atardecer iba a ordenar algo que le parecía, como mínimo, antiestético.

«Es detestable que hasta el plan más perfecto deba tener pies y sobacos», se dijo bebiéndose sin prisa un jugo preparado con naranjas recién exprimidas. Notable lujo en la ciudad de Londres.

Acarició las cabecitas de los niños, desordenándoles el cabello, y subrayó el alborozo infantil riéndose demasiado alto, como si no guardara relación con la escena tierna que estaba tratando de vivir.

James había insistido varias veces en tener una sirvienta interna. «Mi puesto lo está exigiendo, ya. Necesito alguien, con uniforme, que sepa servir el hielo y los vasos en la biblioteca, cuando aparezco con mis relaciones de negocios.» Pero Martha se resistía a permitir que una extraña entrara en casa, antes de las diez. «Nadie arruinará nuestros desayunos en zapatillas», repetía cada vez que su marido lo proponía.

Aunque a James le hubiera gustado tener un automóvil deportivo, y más ahora que sus ingresos se lo permitían con holgura, se creyó obligado a comprarse un sedán gris metalizado, para mantenerse dentro del tono que cabía esperar de un patricio del Consorcio.

Se despidió de Martha con un *bye, love*. Descendió en el ascensor con los niños, directamente hasta el segundo sótano del garaje en que tenía estacionado el «Bentley», y consintió en que los retoños compartieran el asiento delantero forrado de cuero de color arena. Jim fue regando con las migas de su bollo, relleno de mermelada de frambuesa, el suelo y la tapicería, para terminar por dejar impresos los cinco deditos pringosos en el salpicadero de madera barnizada de oscuro. Sandra, antes de llegar al colegio, lo limpió con kleenex, y se ganó una libra, que Davidson tuvo que pagar en el acto. Al ver el dinero, el niño empezó a recoger las miguitas y a meterlas en el cenicero, hasta lograr que su padre le diera otro tanto.

Condujo lentamente, dejando atrás Park Road, para dirigirse hacia Wellington Road y llegar, a los pocos minutos, ante la añeja construcción victoriana, protegida por una alta verja de hierro en la que destacaba «Trinity School», grabado sobre una placa dorada y repulida. Los niños se apearon del coche, mezclándose entre un sinfín de escolares que vestían el mismo uniforme azul marino.

Davidson permaneció inmóvil por unos instantes, siguiendo a sus hijos con la mirada, hasta que entraron en el edificio. Ya iba a poner en marcha el sedán, cuando le vino a la mente la imagen siniestra de aquellas dos cabecitas rubias degolladas, separadas de los cuerpos por la cuchilla de una guillotina ominosa y acerada. «No», se dijo, en una exclamación que no llegó a traspasar el umbral de la boca. Hizo un movimiento automático con la mano, como queriendo apartar un mal sueño, y puso el «Bentley» en marcha.

Salió de Londres por el norte entre brumas discontinuas. Avanzó en dirección a Luton. A la altura de Bricket Wood se separó de la carretera principal, y se adentró en una naturaleza que anunciaba la inminencia de los primeros fríos. La hojarasca moteaba de pardo el verdor constante de la campiña inglesa. Llegó a un *cottage* historiado, que la enésima generación de herederos había transformado en hotel, y se dirigió a la recepción en la que destacaba un panel anunciador de la «Convención de Marketing Financiero». James Davidson figuraba como principal conferenciante dentro del acto de clausura.

Una azafata que vestía trajechaqueta color cinabrio le recibió con sonrisa marfileña, pidiéndole que le acompañara hasta el pequeño bar en que los participantes estaban haciendo el *coffee break*, siguiendo escrupulosamente el horario de actividades previstas para la mañana. Algunos de ellos formaban un corro para presenciar la docta, aunque punzante, discusión sobre monetarismo que se estaba librando entre un catedrático de Oxford ya próximo a la jubilación, y un brillante investigador de la «London School of Economics», un gafitas enflaquecido que no pasaría de los treinta. El auditorio se sentía identificado con el último, y esperaba la estocada definitiva entre sonrisas que disimulaban apenas las ansias por ver derramar sangre de intelectual.

En cuanto James entró en aquel bar de paredes revestidas por madera color tabaco, el joven profesor interrumpió la esgrima verbal para dirigirse a su encuentro y estrecharle con fuerza la mano.

—Aquí tenemos la quintaesencia del *businessman*: En lugar de elucubrar sobre lo que hay que hacer, lo hace. —El investigador, dirigiéndose a los ejecutivos que participaban en la convención, pontificó—: Si sabes hacer algo: Hazlo. Si no estás muy seguro: Dedícate a enseñarlo en la Universidad. Si, además, no eres capaz de hablar en público: da las clases por el método del caso.

Estas palabras fueron acogidas con una carcajada matizada, dentro de los límites que marca la liturgia tácitamente impuesta del mundo de los negocios. En beneficio del sentido del humor, inequívocamente británico, del profesor de la «London School of Economics», hay que decir que solía dar sus clases siguiendo el método del caso.

Davidson ocupó lugar de honor, en el estrado de la presidencia, durante las dos intervenciones que debían pronunciarse aún a lo largo del programa de la mañana. En los coloquios se le consultó varias veces, para aceptar sus opiniones como si fueran la ley, y se le sentó a la mesa de los notables a la hora de la comida, en una rotonda iluminada por la luz natural de una gran cristalera de vidrio emplomado que daba al césped.

James Davidson, aprovechando que sus compañeros de mesa eran la crema de la crema de los participantes en la convención, se atrevió a decir, un poco achispado por el burdeos:

—Aunque se haya anunciado que voy a hablar sobre el papel del *manager* en la sociedad posindustrial, en realidad voy a ser mucho más concreto, y me voy a ceñir al protagonismo del *yuppie* en el mundo de hoy.

»¿Quiénes son los *yuppies*? —se preguntó para argumentar—: Yo soy un *yuppie*, y muchos de vosotros lo sois también. Somos una nueva generación de ejecutivos profesionales, que tenemos características bien definidas y diferenciadas. Somos universitarios. Y cuando digo universitarios no me estoy refiriendo a la plasta de fracasados in pectore, vomitados por los mausoleos del Mediterráneo, que expenden títulos inútiles; sino a los graduados por ese puñado de centros que filtran y seleccionan a los alumnos, hasta conseguir que el llevar su anillo sea un signo comparable a lo que fueron los viejos títulos nobiliarios. Somos jóvenes en relación a los puestos que ocupamos, y conservadores. Ya no caemos en las tentaciones que hicieron perder el tren a algunas progresías que nos precedieron. En Estados Unidos y en Gran Bretaña nos estamos convirtiendo en la espina dorsal del Estado.

Los ocho compañeros de mesa seguían sus palabras con interés desigual, pero ninguno de ellos hizo el menor intento de interrumpirle. Davidson prosiguió:

—Desde algunos estamentos intelectualoides y caducos se nos acusa de hablar todos igual, en nuestra jerga que incorpora el eficaz lenguaje de los negocios. De vestir y calzar lo mismo. De conducir los mismos automóviles, y de beber los mismos whiskies. Bien, ¿y qué? Esas críticas sólo se dirigen contra la superficie de lo que somos: La futura clase dirigente de un mundo dominado por las tecnologías de punta. Debemos aceptar que cada día existirán menos puestos de trabajo, sustituidos por los procesamientos automáticos.

»Hay que saber envidar, y tenemos que estar preparados para incidir en las nuevas oportunidades, que presentarán los nuevos hábitos de consumo de la nueva aristocracia formada por la minoría que logre llegar al privilegio de ejercer su profesión.

Acentuaba la voz cada vez que decía «nuevos» o «nuevas», y hablaba con el tronco echado hacia adelante, dando una sensación de fortaleza de la que carecía su cuerpo de musculatura más bien endeble.

El profesor de la «London School» escuchaba con cara de palo. El catedrático de Oxford estaba dispuesto a apoyarle, dijera lo que dijera. Procedían de la misma Universidad, y eso era lo primero. Davidson hubiese deseado continuar. Aquella perorata le permitía aliviar parte de la tensión nerviosa, pero se contuvo y cedió la palabra a un director de Banco que le apoyó, gastando mucha prosopopeya.

Más tarde, cuando James Davidson tomó la palabra ante el pleno, pronunció una conferencia rica en datos numéricos, exactos hasta la pedantería, y tecnicismos en los que subyacía lo que acababa de defender ante el grupo reducido del comedor, aunque sin comprometerse demasiado. «En público, sólo se puede afirmar lo que estés dispuesto a ver publicado en los periódicos», solía decir.

Davidson fue el primero en excusarse y despedirse con un: «Tengo una cita en el aeropuerto de Luton.»

Al salir del hotel, la niebla se iba haciendo espesa, y aceleró la caída de la tarde. Condujo con cuidado, hiriendo las masas brumosas que le salían al encuentro con dos conos de luz amarillenta. «Menos mal que Luton queda cerca, y hay buena carretera», se dijo. Avanzó por la M-1, a menos de cuarenta millas por hora, tratando de concentrarse en lo que iba a discutir con Goldman. Aunque el proyecto vacuna fue aprobado en São Paulo, se acordó que Davidson debería informarle personalmente, antes de llegar a ordenar cualquier fase del plan que condujera a la eliminación de algún ser humano.

Ya iba a estacionar el automóvil en el aparcamiento del aeropuerto, cuando una mujer con melena castañoclara, que vestía impermeable rojo, cruzó temerariamente ante él. Detuvo sin dificultad el sedán, dejándola pasar. Pero no pudo evitar que la escena se le repitiera ralentizada en la mente, como en una moviola trucada, para imaginar a Martha, su propia esposa, embestida por el «Bentley» y ensangrentada. Dos hililllos de sangre le manaban de la boca, e iban a confundirse con el rojo del impermeable que acababa de ver. «No, no», balbució. Y permaneció con el coche detenido en medio de la calzada hasta que el destello impaciente de los focos de otro automóvil le hicieron poner en marcha el vehículo, y avanzar unos metros para alinearlo en el estacionamiento.

Davidson solía frecuentar aquel aeródromo, y no tuvo la menor dificultad en ser admitido dentro de la misma torre de control, informarse del plan de vuelo de Goldman, y seguir desde allí un aterrizaje meritorio, por lo escaso de la visibilidad. En cuanto el aparato tocó tierra, un técnico de la torre se aproximó a James y le dijo en voz baja:

—La semana pasada se salió de la pista un bimotor, y había menos niebla que hoy.

James Davidson, mirándose los dedos de las manos, pensó: «Es ilógico que Goldman se arriesgue, en un aterrizaje como ése, sólo para oírme decir que hay que eliminar a un peón. Bueno, el primero. Ya llegará el turno del segundo.»

Salinas frunció el entrecejo y escuchó con atención, para no perderse una coma de lo que Valle le iba a desvelar desde el otro lado del hilo. Juan Puig trataba de leer la conversación en el rostro del abogado.

—... escúchame, Lic. He analizado, con detalle, las cuentas. Hay un descuadre importante. —Tras callarse unos instantes, prosiguió—: Estoy seguro. Sí. No hay duda. En los últimos meses han salido muchos millones, y no sé dónde han podido ir a parar.

—¿De dónde han salido? —preguntó el abogado.

—Del patrimonio de Rodolfo Laguna. —No precisó si el dinero era, o no, negro—. Tenía fuertes sumas líquidas.

—Mira, Alberto. No me gusta hablar por teléfono de un asunto como éste.

—¿Dónde estarás, mañana?

—En mi masía de Peratallada.

—Podría visitarte a media tarde... si te va bien. —Y precisó—. Por la mañana quiero volar temprano a Barcelona. Hay mucho que hacer.

—A eso de las seis te estaré esperando.

Lic terminó la conversación dándole las señas y explicando cómo llegar hasta la casa de campo.

Tras colgar el auricular, Salinas permaneció en silencio. Las palabras de Valle le llevaron a decirse: «No ha especificado si el descuadre lo ha encontrado en fondos blancos... o negros. —Y pensando mal—: si se ha producido sobre dinero negro... ¿Cómo ha podido averiguarlo? Él me aseguró que no intervenía en esas operaciones.»

Aunque el «Ideal» quedaba cerca del despacho de la calle Valencia, Puig quiso ir montado en su máquina y llevar a Salinas detrás, caracoleando entre las hileras de coches que se movían a merced de los semáforos.

Estacionó la motocicleta sobre la misma acera, frente al pub. Entraron en una atmósfera elegante y ainglesada, de buenos cuadros en las paredes y mejores botellas sobre los estantes de retaguardia de la barra. A Salinas el local le recordaba el «Golden Lion».

El inspector Carvajal ya les estaba esperando con un vaso en la mano. Vestía cazadora de ante y tejanos descoloridos y patinados.

Puig le saludó, palmeándole el hombro: «Hola, malagueño», y le presentó a Salinas.

—Ya nos hemos visto en el «Club Natación».

Perico Carvajal estrechó la mano de Lic, mientras sonreía mostrando unos dientes blancos y alargados.

—¿Qué mejunje tomas? —preguntó Juan Puig inspeccionando la bebida del policía.

—Morapio.

El inspector, que aún era más delgado que Salinas, ya había rebasado la treintena, aunque nadie le echara más de veinticinco años. Tenía el cabello muy claro y lacio, y barba de montañero.

En cuanto Salinas y Puig pidieron whisky «Lagavulin», Islay auténtico, el motorista dijo:

—Perico: vayamos al grano. Mi amigo Salinas, que es abogado —arrastró la palabra «abogado»—, necesita conectar con alguien que esté metido en Homicidios. Aquí, en Barcelona.

Antes de que el policía pudiera replicar, Juan Puig extendió la manaza y prosiguió:

—Ya sé que Salinas conoce a García Gómez, pero no me

sirve. —Cogiendo el toro por los cuernos—: Hoy mismo, en el «Club Natación», le ha dicho a mi amigo que de colaborar..., nanay de la China. ¿No es eso?

El abogado asintió con la cabeza. Y Puig, mientras blandía un cigarrillo negro empequeñecido entre los dedos, precisó:

—El caso ocurrió en el Barrio Chino —Terminó por adelantar la cabezota en dirección al policía, para bajar el volumen de la voz, tabacosa y honda, y secretear—: Se trata del asesinato de Rodolfo Laguna.

El inspector permaneció callado e inmóvil, manteniendo los ojos azul pálido fijos en Juan Puig, hasta que el motorista se interrumpió. Tras un corto silencio, Perico Carvajal admitió:

—Puig, te debo un favor.

—No iba por ahí —protestó el motorista.

—Te debo un favor. Te dije que te lo devolvería, y lo haré, ahora —insistió el policía, sin admitir réplica. Y, dirigiéndose a Salinas, preguntó—: ¿Qué te interesa saber?

—¿Intervienes directamente en el caso?

—No. Pero sé quién me dirá cosas, y quién no. —Llevándose la mano a la nariz y arrugándola como si oliera a podrido, adelantó—: El asuntillo atufa. Atufa. Funde. Menudo fuliñiqui.

—¿Se sabe quién acuchilló a Laguna? —preguntó Salinas, recolocándose las gafas de carey en un tic ritual.

—Voy a hablar de oídas —advirtió el inspector—. La próxima vez que nos veamos tendré datos frescos. Se dice que todavía no se sabe exactamente quién era la gachí que le dio la recalá —informó, abusando del impersonal—. Al parecer, la chica esa llegó hace pocos meses de Paraguay, y no tenía la documentación en regla.

Perico Carvajal cerró los ojos, se alisó el cabello y masculló, como en una jaculatoria:

—Si tuviéramos una buena ley de extranjería, otro gallo nos cantara...

—¿Por qué le fueron a asesinar de esa forma? —se preguntó el abogado—. Me gustaría saber si tenía algún lío en Barcelona.

—Déjame un poco de tiempo para tratar de enterarme.

—¿Nos vemos el próximo lunes, aquí mismo?

—A la misma hora —precisó Carvajal.

Antes de despedirse, en un tono que pretendía quitar importancia a lo que iba a decir, el policía preguntó:

—¿Has averiguado algo interesante?

—Estoy empezando a moverme —respondió Lic, tratando de dar la mínima información.

—¿Sospechas de alguien? —insistió Perico Carvajal.

—Me pregunto quién puede salir ganando con esa clase de crimen —dijo Lic, intentando llevar la conversación por otro camino.

—Veo que te preocupa mucho cómo ocurrió —afirmó el policía entrecerrando los párpados.

—Sí. Tenían mil maneras más fáciles de matarle.

—Es verdad. Se podía haber armado una buena zaramaya en el cabaret.

El inspector miró a Salinas con un brillo ligeramente amenazador en los ojos, y advirtió:

—Si tienes algo que decir a la Policía, espero que me lo comuniques a mí primero.

El abogado no dijo nada, pero se sonrió con aire de compincheo. «Es pronto aún para hablarle de la agenda», pensó.

Perico Carvajal bajó la voz, tensando ligeramente la musculatura de la cara:

—No creo que sea necesario informar de esta conversación a García Gómez. No interviene en el caso Laguna, y si se entera de que estamos hablando del asunto...

—No te preocupes. Cuando nos tropecemos en el «Club Natación» hablaremos sólo del tiempo —le tranquilizó Lic.

—Mejor. García Gómez es una buena persona, pero últimamente ha caído en desgracia, y le tratan como un pampringao. Tiene un nublao que no hay quien lo aguante.

Juan Puig aplastó el cigarrillo y le interrumpió:

—A partir de ahora, no es necesario que yo esté presente en vuestras reuniones. Llevo un taxímetro en el culo y no puedo perder el tiempo en copeos. Espero que os divirtáis el próximo lunes.

Puig y Salinas llegaron a la calle de las Tapias con media hora de adelanto. «Así podremos hablar un rato, con tranquilidad», dijo el abogado. Entraron en el restaurante y, mientras esperaban al modisto de artistas de music-hall, se tomaron una cervecita con aceitunas sevillanas.

El motorista disparó el dedo de la verdad y, mordiéndose el labio inferior, elucubró:

—Salinas. Te conozco desde hace tiempo. Es la primera vez que me contratas para seguir a personas que ni siquiera has visitado. Normalmente, tratas de sonsacar el máximo de información tú mismo y, luego, me pides que te ayude a aclarar esto o aquello, vigilando a los sospechosos. —El hombrón cabeceó, y acabó por preguntar—: ¿Qué tiene este caso de especial?

—El caso no es como los demás. Al menos para mí —dijo, con una chispa de tristeza.

—Aún será verdad que no vas a cobrar.

—Coño, claro —protestó.

El motorista le dio una palmada en el hombro, con su mano sólida y sarmentosa, y le miró parpadeando.

—Salinas, no tienes por qué contarme tu vida.

Liberto Sanchís, el modisto, llegó con más de un cuarto de hora de retraso. Saludó primero a Puig: «Hola, majo», y se sentó frente a Salinas. Era hombre de rostro huesudo, y pelo ensortijado y tintado de negro. Se hacía difícil precisar su edad, pero andaría por encima de los cuarenta.

—Estoy liado con la coreografía de la nueva revista. Me da un trajín... —anunció con una pizca de amaneramiento, mientras elevaba la voz para que pudieran oírle los de la mesa de al lado.

—¿Has diseñado los taparrabos? —preguntó Puig, después de presentarle a Salinas.

—Los taparrabos, los adornos con plumas de marabú, los trajes de noche...

—Vaya suerte la tuya. Todo el día con coristas —le pinchó Juan Puig.

—No creas. Muchas tienen ya la vida hecha. La mayoría forman pareja estable con compañeros de profesión. Es una vida como cualquier otra.

—Las tías más *güenas* suelen liarse con tipos medio amariconaos —afirmó el motorista, con aplomo de entendido.

—Se nota que te gusta salir de parranda —repuso Liberto.

—Ventajas de divorciado —dijo con humor ácido.

El restaurante era frecuentado, a la hora de la cena, por gentes de la noche. Bailarines de «El Molino», gerentes de cabarets, y burgueses ávidos de entrar en aquel coto vedado que era, para ellos, el mundo de la farándula. El local seguía los cánones de decoración de los tradicionales figones de comida de la tierra. Buenos manteles, amplias servilletas de tela, sillas de anea, suelo de cerámica rústica y roja, y paredes enjalbegadas. El servicio era diligente y familiar y, cosa importante, los precios no solían apiolar a la clientela.

Liberto Sanchís dio cuenta de la cena con notable apetito. No dejó ni rastro de las espinacas a la catalana, y consiguió rebañar los huesecillos de las chuletas de cabrito hasta dejarlos limpios del menor vestigio de carne. Gozaba de notable habilidad para comer y comer, sin dejar de llevar la batuta de la conversación. A los postres, Puig y Salinas ya tenían una idea bastante aproximada del vestuario que iban a lucir las chicas de la próxima revista, y de los defectos de la anatomía de la vedette que, por suerte para ella, iban a ser corregidos gracias al buen arte de Liberto. De sus explicaciones se desprendía que el mejor cuerpo de mujer no era nada, sin las manos expertas de un modisto de music-hall.

Los dos amigos escuchaban con poco entusiasmo, acogiendo algunas de sus afirmaciones con mal disimuladas sonrisas de incredulidad. Puig no entró en materia hasta llegar a los postres:

—¿Trabajas para el «Sam's Cabaret»? —preguntó a bocajarro.

—Trabajo para todo el mundo —respondió, tratando de ver por dónde iban los tiros.

—Sabrás lo que pasó...

—Claro.

—¿Conocías a la chica que acuchilló a Laguna?

—¿Por qué me lo preguntas?

—Mi amigo, el abogado Salinas... —le señaló con la cabeza—, se ocupa del caso.

—En el mundo del espectáculo nos conocemos todos.

Se recreó pronunciando «mundo del espectáculo», y no dijo *show business* por puro miedo de hacer el ridículo, con su pronunciación macarrónica del inglés.

Salinas permaneció en silencio, dejando que el motorista apretara las clavijas. «Puig le conoce mejor que yo; él sabrá por dónde se le puede entrar», pensó.

El hombrón pidió los cafés. Extrajo una boquilla para puros de un bolsillo lateral de la chaqueta de pana, y encajó una faria en su interior. En cuanto la prendió, preguntó a Liberto:

—¿Hablaste alguna vez con la chica que se cargó a Laguna?

—Sólo unas palabras. Utilizaba sus propios trajes. Llegaba al cabaret vestida ya para la actuación.

—¿Cuándo hablaste con ella?

—Estaba yo probando unas mallas de quitapón a Julia Rojo, y coincidimos durante unos pocos momentos en el vestuario.

—¿Qué pinta tiene?

—Actuaba con la cara tapada. Pero la vi antes de salir al escenario. Andará por los treinta. Morena. Ojos grandes. Pelo ondulado y negro. Trabajaba de extranjis, no tenía papeles y nadie dice saber su nombre. Por eso la Policía debe de haber cerrado el «Sam's Cabaret».

—¿Tenía algún acento? —intervino Salinas por primera vez, tratando de comprobar lo que les había dicho Perico Carvajal.

—Si queréis que os eche una mano, hablemos de negocios.

El modisto estrenó nuevo timbre de voz. Más bajo, más serio. Nada amanerado.

Se produjo el primer silencio de la velada. Alguien abrió la puerta de la calle, y se oyó el vocerío de un grupo de estudiantes que entonaban canciones de putas. Un par de jornaleros, de voz cascada, les estaban hostigando con habladas de borracho. La puerta volvió a cerrarse, y el improvisado orfeón fue perdiéndose, poco a poco, en las profundidades del relente del Barrio Chino.

—¿De qué negocios quieres que hablemos? —preguntó Puig.

—Conozco al amiguito de la paraguaya que buscáis —afirmó el modisto con voz solemne, y una pizca petulante.

—¿Quién es? —inquirió el motorista.

—Un casado —dijo arrastrando las vocales—. Les vi juntos una noche, por casualidad. —Terminó por mumurar—: Menos mal que no me vieron...

—¿Quién es? —insistió.

—Primero, tienes que hacerme un favor.

Liberto Sanchís le lanzó una mirada cargada de complicidades. Se hizo un breve silencio, que rompió el modisto con un hablar trompicado.

—Quiero saber con quién anda una persona... que me interesa.

—Dame datos.

El motorista abrió su libretita negra y se dispuso a tomar nota.

—Es la segunda estrella del «Lux».

—Dirección. Nombre —pidió el hombrón.

El modisto le dio la dirección del «Lux», y luego la de su casa: «calle Conde del Asalto número...» Antes de pronunciar el nombre, se interrumpió para aclarar:

—Es una belleza. Pero nació con el sexo equivocado. —Levantando el índice, explicó—: Ahora todo está en su sitio, ya es mujer de arriba abajo.

—¿Puedes darme el nombre, de una vez?

—El artístico es Sexy Doll.

—¿Y el del documento de identidad?

—Ramón García —escupió atropelladamente, para advertir—: Hasta que no me digas con quién se está entendiendo Sexy Doll, no voy a decirte ni pío.

El trayecto desde el aeropuerto de Luton hasta Regent's Park se les hizo eterno. La niebla se iba cerrando, y James Davidson tuvo que conducir pendiente de las lucecitas traseras de los automóviles que le precedían. Goldman seguía con interés las noticias de la radio, comentándolas de vez en cuando. El locutor informó de las hazañas de un caballo ganador. Al precisar, con tono respetuoso, el nombre del propietario de la cuadra, el abogado de Wall Street murmuró:

—Nada blanquea como el dinero. Vaya firma...

El *yuppie* asintió con la cabeza, sin apartar los ojos de la carretera, y subrayó:

—Ahora, con la hípica, está consiguiendo incluso una cierta popularidad coctelera.

Davidson hubiese preferido hablar del desarrollo del proyecto vacuna, allí mismo, en el sedán. Le gustaba mucho tratar los asuntos delicados dentro de la atmósfera exclusiva y climatizada de su «Bentley», pero aquella noche brumosa le obligaba a concentrarse en algo tan simple como mantener el vehículo sobre la M-1, conduciendo con el tronco adelantado y la cabeza muy próxima al parabrisas.

Aunque James no deseaba mantener una discusión como aquélla en el santuario de su casa, no tuvo más remedio que acceder a la sugerencia de Goldman: «Las habitaciones de los hoteles pueden estar infestadas de micrófonos y grabadoras.»

Martha les recibió con palabras amables, contención aristocrática y gesto interrogativo. La esposa de Davidson era londinense, treintañera, espigada y rubia, y estaba emparentada con una de las ramas menos acaudaladas de la rancia nobleza británica.

Los dos hombres se instalaron en la biblioteca, y hablaron de la niebla mientras Martha servía cubitos de hielo en los vasos alargados. Cuando introdujo las pinzas de plata en el de Goldman, se demudó el rostro de James Davidson. El *yuppie* imaginó, en un pensamiento que no pudo controlar, que el abogado neoyorquino rompía el extremo del vaso y lo clavaba en el cuello blanquísimo de su esposa. Y sangraba, y sangraba. Sobre el vestido color canela. Sobre las medias opalinas e irisadas. La sangre oscura y viscosa manaba y manaba del sacrosanto cuello de porcelana, y encharcaba la alfombra afgana.

—¿No te encuentras bien? —preguntó Goldman, pasándose la mano por el cabello entrecano.

—Estoy un poco cansado —musitó el *yuppie*.

Martha observó en silencio. Antes de irse, escrutó a su marido con una mirada larga, apoyada en la manija de la puerta tachonada y forrada de piel.

En cuanto les dejó solos, Davidson escanció dos medias raciones de escocés, logrando mantener el pulso firme. Goldman adelantó el mentón y aconsejó:

—El proyecto que estás desarrollando te va a dejar en los huesos. Debes hacer algo de golf.

—No puedo concentrarme en el juego. Cuando tengo algo en la cabeza, no consigo pegar bien ni un solo *driver*. La bola me coge un *slice* tremendo, y me paso la vida en el bosque, más zigzagueando que avanzando hacia la bandera.

Davidson trató de meterse en la atmósfera del campo de golf, para alejar las escenas que le bullían aún en la mente.

—Debes aprender a desconectar. Estás siguiendo el mejor camino para llegar... Pero no puedes consentir que nada logre obsesionarte. Eso limita tus reflejos. Cuando estés en el golf, tienes que concentrarte en el *pull* (1), no en el *Pool* (2).

(1) *Pull*. Golpear oblícuamente una bola de golf.
(2) *Pool*. Consorcio.

Pronunció ambas palabras del mismo modo diptongado, en medio de una carcajada sorda, que le hizo vibrar tenuemente la sotabarba.

James Davidson, tras beberse un buen trago, decidió ir al asunto:

—Hay que redimir una hipoteca.

Con ese eufemismo se refirió a que proponía eliminar un ser humano.

—¿Estaba previsto en el plan de São Paulo?

—Como riesgo calculado. —Y aclaró—: Estaba prevista la posibilidad de tener que hacerlo, si se daban las circunstancias...

—¿Se dan?

Antes de que el *yuppie* pudiera responder, apareció Martha empujando un carrito con platillos de quesos, fiambres, roastbeef, ensalada, vino y fruta. Avanzó hacia el extremo en que estaban instalados los dos hombres, sentados en sillones de cuero junto a la pared llena de libros, y dijo:

—Los niños y yo hemos cenado ya. He preparado algunas cosillas frías.

La mujer lo dispuso todo sobre un mantel de hilo, en una mesa baja. Goldman y Davidson la ayudaron a montar el ambigú, y el americano exclamó: «Si mi mujer me tratase así, pararía más por casa.» En cuanto estuvo servido todo, ella salió llevándose el carrito vacío, y diciendo:

—Dentro de un rato haré café.

Al quedarse solos de nuevo, Goldman se puso en pie y, apoyando todo su peso sobre una pierna, inquirió:

—¿Cuáles son las circunstancias que te llevan a aconsejar una vía tan enojosa como arriesgada? —El abogado neoyorquino se acarició la cara ligeramente adiposa y afirmó—: Matar siempre es arriesgado.

—Nuestro contacto, en Sur-2, me ha advertido del peligro inminente de mantener viva la hipoteca. Podría convertirse en el hilo que permitiera vislumbrar el ovillo.

—¿Qué variable nueva ha aparecido? —indagó Goldman, tomando un taquito de queso del bufé.

—La situación ha sufrido un cambio cualitativo en Sur-2, que nos obliga a extremar las precauciones, si queremos garantizar el éxito.

La tramontana rugía *in crescendo,* con una cadencia que se iba haciendo más y más impertinente. El abogado Lic Salinas, instalado junto a la chimenea de base abierta de su casa de campo, trataba de sacar alguna conclusión combinando los nombres y lugares de la vida de Rodolfo Laguna, que Valle decía conocer. Pero no lograba relacionar los datos entre sí, ni mucho menos con las fechas de la hojilla arrancada. Los ya próximos 2 y 3 de noviembre.

Dos veces se levantó, por ver si ya llegaba Valle, y dos veces regresó junto a la lumbre, tras comprobar que no brillaban luces de faros detrás del portalón que se abría en el muro de cerramiento. Salinas había dejado la puerta abierta, sujetando las dos hojas con ganchos de hierro para impedir que el viento las abatiera.

Desde el zaguán telefoneó a Lisa Vendrell. No estaba en su consulta. Tampoco en el hospital. Por fin, la localizó, a la tercera, en un centro de chequeos. La doctora le confirmó que mantenía en pie el plan de viajar a Madrid con él, en cochecama, el próximo lunes por la noche. Se dieron cita en la cafetería de la Estación de Francia, de Barcelona.

Trató de reordenar una especie de tabla de doble entrada, que se había construido con los datos de la agenda. No sacó nada en limpio.

Examinó con cuidado, bajo la luz de un flexo, la hoja posterior a la arrancada, y también la anterior. No percibió el menor surco, ni huella dejada al escribir encima de las páginas escamoteadas. No se sorprendió. Todas las inscripciones de la agenda estaban hechas con rotulador. «Valle suele usar un "Cross" de oro —recordó, para lamentar—: Si hubiese escrito con bolígrafo, se podrían identificar las marcas en las hojas adyacentes...»

Alberto Valle apareció con más de una hora de retraso, conduciendo un «Ford Fiesta» que alquiló aquella misma mañana, tras aterrizar en el Prat. Vestía terno gris marengo, y estacionó el automóvil extramuros, no osando meterlo dentro del jardín interior, de cipreses, yucas y sicas, que precedía a la masía. Descendió del coche en chaleco, llevando la americana en una mano y la cartera en la otra.

Salinas fue a recibirle y, para guarecerse del viento, le esperó bajo la cubierta a teja vana, que protegía el portalón de entrada al recinto. No se molestó en decirle que podía aparcar el «Fiesta» en el granero, junto a la casa. «No quiero arriesgarme a que interprete que le invito a quedarse a pasar la noche...», se dijo.

Valle se excusó por llegar tarde, frotándose las manos delante del fuego, y felicitó a Lic por la masía.

—Me han gustado mucho las tejas viejas del porche. Lástima que sea oscuro ya. A la luz de los faroles no se ve bien el conjunto.

Mientras el abogado preparaba café en una cafetera italiana, el ejecutivo fue curioseándolo todo, desde los toalleros de cerámica de La Bisbal del cuarto de baño —«deben de romperse mucho»—, hasta la grifería dorada del aguamanil del zaguán —«qué maravilla»—, y las viejas fotos color sepia de los abuelos —«te pareces al señor de los mostachos»—.

Salinas era un adicto al café, y solía ofrecerlo a todo el mundo, sin considerar que pudiera, o no, apetecer. Los dos se sentaron sobre los anchos cojines que se apoyaban en un asiento de obra, y se dispusieron a entrar en materia, entre sorbo y sorbo, frente al fuego de leña de olivo.

—¿Has sacado algo en limpio de la agenda? —preguntó Alberto Valle.

—No. Todavía no he llegado a ninguna conclusión —dijo

el abogado negando con la cabeza, y mostrándole las cuartillas en las que había tratado de buscar relaciones entre las notas de las hojas de papel biblia.

—Déjame ver.

El ejecutivo empezó a leer en detalle las listas, dándole explicaciones de cada persona, de cada lugar y de cada cita. Punteaba las inscripciones, murmurando un «visto» al terminar de hacer su breve interpretación del porqué estaban en la agenda, y sólo les quedó la incógnita de un nombre, que Valle no fue capaz de asociar con ninguna de las actividades de Laguna.

El nombre no era otro que el de James Davidson, y aparecía dos semanas antes de la noche en que ocurrieron los hechos de sangre del «Sam's Cabaret».

—Rodolfo me dijo que apuntara ese nombre, y que se lo recordara un par de días antes de su viaje a Barcelona. No me aclaró por qué ni para qué —farfulló Valle con la mirada perdida en el fuego del hogar.

El viento era tan fuerte que, a veces, llegaba a aplastar las llamas de la lumbre, haciendo que el humo regolfara hacia el salón, para ser tragado de nuevo por la chimenea, unos instantes después.

—Si ya has sacado toda la información, te agradecería que me devolvieras la agenta —pidió el ejecutivo con voz ronca y embarazada.

—Ya he terminado con ella.

Salinas se la tendió, y Valle se puso en pie para introducirla dentro del bolsillo interior de su chaqueta, que descansaba sobre un sillón. Regresó frente al fuego, y hablando con parsimonia casi rogó:

—Lic. Voy a pedirte un favor: No hables a nadie de la agenda. Temo que el caso se envenene y me tomen como cabeza de turco.

El abogado asintió con la cabeza, precisando:

—No hablaré con nadie de su existencia, pero utilizaré los datos que he sacado de ella. ¿De acuerdo?

—Pero con cuidado. Con mucho cuidado. Puede haber un asunto muy feo detrás del asesinato de Rodolfo Laguna. Ahora verás...

Valle abrió la cartera. Extrajo un sobre de papel manila,

y sacó del interior unas cuartillas llenas de guarismos. Algunas cifras estaban subrayadas en rojo. El ejecutivo señaló con el dedo un número y se lamentó:

—Quinientos veintitrés millones de pesetas suman, en total, las cantidades que no están justificadas. —Y mirando al abogado con ojos extraviados repitió—: Quinientos veintitrés millones...

—¿En qué lapso de tiempo?

—En menos de seis meses.

—¿No lo sospechaste? —objetó Salinas, para pincharle—. Eras el hombre de confianza, ¿no?

—Era dinero negro.

Allí quería Lic llevar la conversación. Con sonrisa mordaz, inquirió:

—¿Cómo lo has averiguado? —Insistiendo—: Me dijiste que tus blancas manos no sabían nada de tales dineros.

—Yo sólo he hecho siempre, y sólo he firmado, cosas legales —se defendió el ejecutivo.

—¿Y lo de los quinientos y pico millones? ¿Lo has adivinado por ciencia infusa?

Valle permaneció callado, con los ojos entrecerrados e inyectados en sangre. Boqueó, antes de hablar, y terminó por decir:

—Al morir Rodolfo Laguna, su esposa abrió la caja fuerte. Encontró dos sobres: Uno para mí, conteniendo el detalle de todas las operaciones..., blancas y negras, que había efectuado en España. Y otro destinado a Carlos Montero, con lo mismo para el extranjero. Esperanza me confió el primero. Analizándolo he llegado a la conclusión de que faltan muchos millones.

Terminó por mostrarle el contenido del sobre de Laguna.

—¿En qué partida has identificado el descuadre? —indagó Lic, tras examinar con curiosidad cada uno de los papeles del pequeño legajo que contenía el sobre, tomando buena nota de cuantos datos le parecieron de interés.

—En pagarés de empresa.

—¿Con qué Banco solía trabajar Rodolfo Laguna?

—Para este tipo de operaciones, con el Banco Monetario.

—Me acabas de decir que no sabías nada de eso. —Señalando las anotaciones, que dejó Laguna, apostilló—: En los papeles no se indica a través de qué Banco, ni con qué agentes de Cambio y Bolsa, se hicieron las operaciones de los pagarés.

—No me líes. —El ejecutivo, sin admitir nada, trató de justificarse—: Yo, en el fondo, no era más que un secretario de lujo, para Laguna. Por mi mesa pasaban mil documentos, y no podía ir preguntándole si cada una de las operaciones estaba, o no, en gracia de Dios.

Alberto Valle recurrió a una expresión como «estaba, o no, en gracia de Dios», que era moneda corriente en su colegio de curas. Le ocurría tan pronto venteaba el peligro.

El abogado Salinas, acentuando sus rasgos afilados, rompió a hablar mirando a la lumbre:

—Alberto. En primer lugar, quiero que sepas que me trae sin el menor cuidado que hayas intervenido, o no, en operaciones irregulares. Tus pudores conmigo, a este respecto, son absolutamente ridículos. —Mirándole, prosiguió—: Comprendo que andes por la vida tratando de proteger tu imagen. Al fin y al cabo, vives de ella. Eres de los que no van al médico cuando les duele algo, por miedo a bajar la cotización en la bolsa de ejecutivos...

Lic trató de teñir la voz de un tono comprensivo, y advirtió:

—Créeme: es muy jodido colaborar contigo, sabiendo de antemano que sólo vas a decirme de la misa, la mitad. —Se interrumpió por unos instantes, para dejarse guiar por el instinto, y concluir—: Alberto, o andas metido en un lío muy gordo, y no te atreves a contármelo..., o estás protegiendo a alguien.

La tramontana y el caso Laguna consiguieron amargar el fin de semana a Lic Salinas. El abogado pasó más tiempo alanceando fantasmas que disfrutando del Baix Empordà, lo que constituyó una verdadera novedad para él. Muy negativa, por cierto. Ni siquiera trató de escapar de sí mismo echando una partida de dominó con sus vecinos preferidos: Jorge y el Renom (compañeros fijos, los dos), y un cuarto jugador que podía ser el cura, un novelista de narrativa posindustrial, que pasaba temporadas en Pals, o un pescador de angulas de la desembocadura del Ter.

Hablando de angulas. Hay que decir que el único momento realmente bueno lo pasó Salinas cenando en «Casa Pere», tras despedir a un Alberto Valle que hubiese preferido quedarse.

«Con un poco de mala suerte, me lo hubiese tenido que tragar hasta el domingo», respiró Lic, en cuanto vio que el «Fiesta» se alejaba, por fin. Aguardó doce minutos, de reloj, y se montó en el *escarabajo*, dirigiéndose hacia la desembocadura del Ter, por una carretera llana y serpenteante, de cuento de miedo. Orlada, primero, por una hilera de cipreses, y luego por encañados, y árboles frondosos que arqueaban los troncos bajo el peso del viento del norte, hasta casi lamer el asfalto con las ramas.

Lic se acodó sobre el hule de la mesa, detrás de la vidriera del porche, contemplando embobado las sombras vegetales que danzaban, en el exterior, al son exagerado de la tramontana. Pidió ensalada de angulas de primero, angulas a la bilbaína de segundo, y de postre no pidió angulas, porque aún no se ha inventado cómo meterlas en un helado. Bebió «Montferrant Brut», y brindó haciendo votos por ver limpias, algún día, las aguas del Ter.

El chaval que le sirvió, explicó la historia de las angulas. Salinas le dejó hablar mientras se fumaba, con morosidad, un filipino cortado.

—Mi padre y yo somos pescadores de angulas —dijo con legítimo orgullo—. Pescamos a los pobres animalitos cuando entran en el río. Vienen del mar de los Sargazos, y llegan aquí con dos años de vida..., y sin comer. Viven de sus propias reservas. En ese tiempo, pasan de tener el tamaño de una hoja de olivo, al de un fideito.

El abogado le miraba con interés, y le invitó a beber una copa de cava. El chico prosiguió su explicación:

—Las pescamos en los meses que tienen erre. Al entrar en el Ter, son incoloras, y pasan raseando, muy cerca del fondo. Hay que poner las jaulas muy abajo. Luego las matamos con una infusión de tabaco. Si no, en agua dulce, se les vuelve el lomo negro...

—

Perico Carvajal estaba ya esperando, apoyado en la barra del «Ideal», bebiéndose una copa de ojén, y fumándose su pipa de escaramujo.

En cuanto Salinas saludó con un: «Eres hiperpuntual», el inspector le propuso tomar lo mismo, pero Lic rehusó: «Demasiado dulce.»

El policía fue directamente al asunto, sin divagaciones previas. Señalando a Lic con el cañón del cachimbo, le propuso:

—Prefiero que nos sentemos a la mesa del rincón; tengo que darte algunas informaciones... y no quiero que nos oiga quien no debe.

Ya instalados en un recoveco que tenía el pub, en el que no podían verlos desde la barra, ni tampoco al entrar o salir del local, Carvajal secreteó:

—Aquí podemos hablar a gustoverdá... Bueno, vayamos a

lo nuestro. Algo he podido averiguar: Rodolfo Laguna estuvo cenando en el «Restaurante Tartarín» la misma noche en que la liñó.

El inspector, aunque llevaba ya años en Barcelona, conservaba la riqueza del vocabulario popular malagueño.

—¿Cenó solo?

—No. Le acompañó un facha de cuidado. Ha sido posible identificarle gracias a la descripción que nos facilitaron los dueños del restaurante.

—¿Quién es?

—Héctor Villamediana.

—¿Español?

—Sí. La familia lleva aquí más de cien años, aunque su padre procede de familia chilena.

—¿Le teníais fichado?

—Sí. —Y bajando el volumen de voz—: Como posible golpista.

—¿Le habéis interrogado?

—No. Le mantenemos vigilado para ver qué hace, con quién se ve... y también para evitar que se de el piri.

Salinas observó al policía con gesto interrogativo y un poco irónico, preguntándose: «¿Por qué me dará tanta información?»

El inspector continuó hablando, entre fumada y fumada.

—La noche que le mataron, Laguna había citado en su hotel a una julla de lujo. Pensaba echar un torito después de dar una vuelta por el Barrio Chino. —Carvajal se interrumpió, para concluir—: La jodienda no tiene enmienda...

—¿Fue solo, al Barrio Chino?

—Sí. En eso coinciden todos los testigos.

—¿Sabéis algo sobre la mujer que le acuchilló?

—Todo lo que puedo decirte es que entró de forma ilegal en el país, y que decía ser paraguaya.

—¿No se sabe nada más?

—Aún no. —Y se lamentó—: No tenemos ganas, ni nada, de tirarle de la chivata.

—¿Y el dueño del «Sam's Cabaret»?

—Ése es un ñáñara. Un topamí que se ha pasado de listo. Contrataba clandestinas sin documentación, y les pagaba una miseria.

Carvajal se acarició la barba corta y muy clara, y concluyó:

—Le hemos cerrado el local, y lo tiene claro...

—La paraguaya debe de saber la tira... —masculló Salinas, adelantando el maxilar inferior en un gesto que le alargaba la cara.

«Sería muy interesante poder hablar con su amiguito», pensó rememorando el acuerdo a que llegó Puig con el modisto de music-hall.

Perico Carvajal pidió más ojén. Salinas hizo lo mismo con el orujo. Permanecieron en silencio hasta que les trajeron las nuevas copas y, tan pronto se alejó el camarero, el policía dijo:

—Rodolfo Laguna también tenía simpatías por los fachas. Aunque lo disimulaba. Era un hombre de negocios, y no quería que le catalogaran de extremista.

—¿Estaba fichado?

—Se le consideraba sospechoso de estar metido en alguna trama civil favorable al golpe. —Sonriendo malévolamente prosiguió—: Ficha, lo que se dice ficha, sí tiene. Y es curiosa: Hace un par de años conducía por la calle Velázquez, de noche. Llevaba una buena jumera. En una bocacalle, se le cruzó un chavalito con un «Panda». Laguna se vio obligado a virar con fuerza, evitando la colisión. ¿Sabes qué hizo, luego?

—No.

—Paró su «Mercedes» y se apeó para dar una felpa al muchacho. Al no lograr que el chico bajara a pegarse con él, se montó en su coche, metió marcha atrás, y lo estrelló contra el morro del «Panda». Tuvo que intervenir la Policía, porque el pobre chaval, que no quería coger yesca, terminó por recibir un buen trancazo contra el parabrisas.

Carvajal se extendió dándole detalles sobre las complicaciones en que se vio envuelto Laguna, tras protagonizar lance tan achulado.

Salinas escuchó, en silencio, todas las explicaciones. Cuando el inspector terminó de hablar, miró al abogado invitándole a decir algo: «Estás más callao que el mú.» Lic repuso:

—Lo que acabas de decir me interesa mucho más de lo que crees.

El policía fue de Rodolfo Laguna al hijo. Y lo hizo por

propia iniciativa, sin que Salinas le pinchara, ni le insinuara nada.

—Sergio Laguna es, pura y simplemente, un neonazi. Pasa la mitad de su tiempo cerca de Cádiz, en una finca que heredó de su madre, la primera mujer del muerto. Le acompaña siempre una especie de lugarteniente, que tiene además poderes notariales de Sergio. Esa pareja es bien conocida por la Policía: palizas a laboralistas, incendios a librerías, tenencia ilícita de armas...

—¿Quién es ese escudero?

—Un tal Félix Puerta. Un tipo muy echao p'alante, que sin el apoyo de Sergio Laguna no sería más que un pobre cagalistrón. Es un ruchi. Un chacalacas que se mantiene a su lado gracias a la habilidad para ayudarle a montar follones.

Perico Carvajal, tras dar una larga chupada sosteniendo la cazoleta de la pipa, prosiguió hablando del hijo de Rodolfo Laguna.

—No hay nada que hacer con individuos como Sergio. Son fanáticos y no razonan. Para ellos, el único camino consiste en volver a la época del palo y tentetieso. Y están dispuestos a empuñar las armas para conseguirlo. Si, encima, se deja ronear por un tipo como Puerta, que vive del cuento...

El abogado Salinas iba escuchando atentamente, mientras pensaba: «Valle me ha hecho un retrato demasiado benigno de toda la parentela —terminando por decirse—: Es su forma de ser. Antes de comprometerse, se muere.»

El inspector encabalgó las piernas. Avanzó el tronco y, mirando con fijeza al abogado, dijo:

—Voy a colaborar contigo. Y voy a hacerlo no sólo por devolver un favor a Puig.

—¿Qué favor era ése? —preguntó Salinas con interés, acariciándose el cabello oscuro y lacio, sin una sola cana.

—Estoy estudiando Derecho. El Fernandel: Ese hijo de puta. Me cateó en tres convocatorias seguidas. Puig le hace bastantes trabajos. Me recomendó, y mano de santo: Aprobé, a la cuarta, haciendo un examen de putapena.

—Vaya con Juan Puig —sonrió—. No le conocía esas habilidades.

—Estaba diciendo que iba a ayudarte a fondo. —Carvajal frunció el entrecejo, y las venillas de las sienes se dibujaron en la piel—. El caso Laguna no es sólo un homicidio.

—¿No?

—No. Debe de haber un palanganeo del copón. Los grupos de élite, de la seguridad del Estado, van quemados detrás de cualquier pista. —El inspector apostilló—: Yo como de policía. Es mi oportunidad de situarme donde quiero estar.

La doctora Lisa Vendrell tenía piel de rubia, aunque el color natural del cabello fuese negro. Se empeñaba en llevarlo corto. «Me sienta mejor», acostumbraba decir.

Era muy delgada. En la Universidad la llamaban «la huesitos», y a sus treinta y tantos años no era capaz, todavía, de controlar los músculos de la cara. Cuanto pasaba por la cabeza, afloraba en el rostro.

Lisa y Salinas eran ante todo amigos. Amigos de veras. Luego venía lo demás. Comunicación, ternura, sexo. Ocurría lo que no se da con frecuencia: Aunque pasaran temporadas sin verse, ni llamarse, parecía que no hubiese existido el menor paréntesis en blanco. No necesitaban preocuparse por mantener vivo ningún fuego, ni llamita. Al encontrarse de nuevo volvían a ser los mismos, con las mismas ganas de volcar torrentes de palabras el uno sobre el otro. Interrumpiéndose continuamente, entrecruzando narraciones y ocurrencias, y provocando la controversia por el puro placer de recrearse en la suerte. Había un solo tabú entre ellos. Era como un curso de aguas peligrosas, que se sabe que están allí, pero... Era cuanto puede estar detrás de la palabra amor.

Ya se habían abrazado en la cafetería de la estación de Francia. Habían hablado y hablado, sin reparar apenas en las bebidas que les sirvieron, mero justificante para pasar un rato en el local. Y, tras dejar en el compartimiento sus ligeros equipajes, ya entraban en el vagón restaurante a fin de conseguir plaza, antes de que el tren parase en el Paseo de Gracia y, sobre todo, en la estación de Sants.

Tuvieron suerte, y nadie más se sentó a su mesa de cuatro. Un camarero de cara paisana les sirvió la cena, con temblor ferroviario. No estaba mal. Bebieron rioja. Al terminar el postre, pidieron café y coñac. Y más coñac. Y dale con el coñac, que por cierto era de Jerez, y muy bueno. El alcohol arreboló el rostro de la chica, que comentaba:

—Me voy a pasar la semana metida en reuniones.

La doctora Lisa Vendrell iba Madrid para participar en unas jornadas de reflexión organizadas por su partido.

—Te encanta reunirte y despellejar, en público, a los enemigos políticos —afirmó el abogado, mientras hacía remontar sus gafas pendiente arriba de la recta nariz.

Salinas tenía el aire de un profesor universitario.

—¿Estás contra la autocrítica?

Disfrutaban intercambiando pullas, envueltos por el traqueteo del vagón, al trotar sobre vías, traviesas y balasto.

Lisa Vendrell militaba en el Partido de Izquierda Radical. Le faltaban horas para participar en mítines y asambleas, y ejercer de analista, además. Solía llamar «los deberes» a sus actividades médicas, que estaban teñidas casi siempre de algún trasfondo político. En el hospital se la consideraba líder de opinión, y era raro que la dirección se arriesgara a proponer algún asunto sin antes consultarla.

Hablaron un buen rato de la ponencia que Lisa iba a defender en Madrid: «Promoción de la Medicina Preventiva.» Salinas escuchaba con interés, y la interrumpía sólo para enterarse mejor, pidiéndole muchos detalles. Ella terminó por resumir sus razonamientos en cinco palabras: «Hay que curarse en salud.»

Se hizo un raro silencio. Raro, porque hasta entonces no dejaron de conversar. Y Salinas, mirando embobado los ojos azul plomizos de Lisa, comentó:

—Estoy llevando un caso diferente.

—¿Diferente? —inquirió la doctora, elevando y quebrando las cejas.

—¿Leíste algo sobre el asesinato de un financiero, en un

cabaret del Barrio Chino? —preguntó Lic, bajando la voz y adelantando la cabeza.

—Salió en los periódicos, a nivel de puro suceso —objetó Lisa, con una mueca despectiva que la llevó a arrugar la naricilla.

—¿Leíste algo?

—Por curiosidad —admitió la doctora con desgana, entornando los párpados y dibujando dos amplios pliegues en la comisura de los labios.

—El hombre que murió acuchillado se llamaba Rodolfo Laguna.

—Vi las fotos. Tenía pinta de mandamás y explotador.

—No le conocía —dijo Salinas con voz hueca, como si hubiese debido conocerle.

—En base al tamaño del chanchullo, supongo que van a pagarte una buena minuta —aventuró Lisa Vendrell, con una sombra de censura.

—No. No es eso —negó Lic, para poner las manos sobre la mesa, y evocar una vieja historia—. Cuando terminé la licenciatura de Derecho, me quedaban los cuatro meses de prácticas de milicias. Me tocó hacerlas en Canarias. No tenía dinero para pagarme viajes, y decidí quedarme en las Islas hasta terminar.

—¿Y bien? —preguntó la doctora, ya interesada en lo que había empezado como un relato anodino.

—Tenía veintidós años y estaba enamorado. Enamorado.

El mucho coñac que ya llevaba gollete abajo le achispaba, poniéndole brillo vidrioso en los ojos y lengua estropajosa. Pero los recuerdos borboteaban en la mente, con la fuerza del resorte que logra liberarse por fin.

—El primer mes me escribió cuatro cartas y el segundo, tres. —El abogado subrayaba la explicación contando con los dedos—. Luego, sólo otra. Me decía que se iba de vacaciones con unos amigos. Estábamos en octubre, y me extrañó que se saltara las clases. No le gustaba escribir. «Prefiero que me telefonees. Si yo pudiera llamarte al cuartel...», solía decir. Pero la llamaba y nunca estaba en la residencia, ni iba los fines de semana por casa de sus padres, en Tarragona.

Lic Salinas se interrumpió, miró con fijeza a Lisa, y suspiró:

—Yo sólo pensaba en ella.

—¿Qué ocurrió luego? —preguntó la doctora con curiosidad, imaginando el desenlace, y acertando.

—No se había ido de vacaciones. Estaba viviendo en casa de unos parientes, en Madrid. Había pedido, incluso, el traslado de Universidad. —Lic estaba dando vueltas erráticas en torno del núcleo que le quemaba. Tras pasear la vista por el techo del vagón, miró a Lisa y dijo—: En agosto, su familia solía llevarla a Salou. Era muy guapa, y ejercía de primadonna en el grupo. Todo el mundo quería salir con ella... Incluso un terrateniente de Madrid, que iba a pasar unos días, mientras controlaba sus propiedades de Reus. El acoso duró un par de años. Al principio, ella ni caso. Pero...

Salinas se interrumpió. Lisa, con la mirada, le animó a proseguir.

—... pero, aprovechando mi ausencia, el terrateniente se empleó a fondo: Que si paseos en su cochazo. Que si cenas de postín... Terminó por proponerle un contrato mercantil-matrimonial de demasiados ceros. Ella aceptó, y se fue de Barcelona porque no quería ni verme, ni encontrarme, ni explicarme nada.

No hacía falta oír más. Lisa Vendrell ya lo sabía todo. Pero Lic necesitaba continuar.

—Él era viudo, y mucho mayor que ella. Era Rodolfo Laguna. —Hablando para sí mismo, apostilló—: Y ella, Esperanza.

James Davidson llegó con media hora de antelación a su despacho londinense de Cranley Gardens. Y lo hizo con el semblante demudado.

Aunque no había recibido la menor amenaza contra la integridad física, acostumbraba variar el recorrido hasta la oficina, por pura medida de precaución. Las veces que llevaba los niños al colegio, conducía el sedán o el pequeño cabriolé verde botella de su mujer. Otras iba en taxi. Y, las menos, tomaba el Metro en Baker Street, tras darse un corto paseo por Regent's Park. Cambiando de línea en Green Park, para apearse en South Kensington.

Aquella mañana de luz casi invernal, había decidido comenzar el día paseando por lo que solía denominar «mi parque», mientras lo contemplaba desde la tibieza con aroma a tostadas de la cocina.

Cruzó Albany Street y caminó con cachaza por el interior de Regent's Park, en dirección a Queen Mary's Gardens. Empezó a pensar en la reunión que iba a iniciarse a las diez, y, como siempre, trató de escenificarla mentalmente asumiendo todos los papeles. Se desvió ligeramente de la calzada para entregarse al placer ancestral de pisar la hojarasca: «crack, crack, crack», pero no dejó de pensar en lo suyo.

En cuanto entró en el Inner Circle tuvo la sensación de que alguien le seguía. Miró hacia atrás. Y se fijó en un muchacho con anorak pardo, que le pareció haber visto ya al atravesar Albany Street.

Davidson pensaba rodear el Bedford College, paseando junto al lago, pero torció a la izquierda. Anduvo apresuradamente por el York Bridge, y salió del parque para meterse a toda prisa en Marylebone Road, y dirigirse hacia la estación del Metro.

Tan pronto entró en la calle, se detuvo inopinadamente. Se volvió. Pero ya no vio al chico del anorak. Avanzó unos metros. Le salió al encuentro el Museo de Madame Tussaud. Apresuró el paso y se metió en la estación de Baker Street perseguido por imágenes truculentas, en las que figuras de cera se confundían con personajes de su vida de cada día.

Desde que Davidson accedió a ocupar uno de los cuatro puestos en el *petitcomité* del Consorcio, fue elevado al rango de presidente de la Asociación de Exportadores, con sede en la casa de tres plantas de Cranley Gardens. El *yuppie* sólo tenía la obligación de representar a la entidad en actos públicos, disponiendo de todo el resto del tiempo para dedicarse al *Pool.* Así se referían al Consorcio los iniciados. La Asociación le proporcionaba amplia fachada profesional y social, al mismo tiempo que sueldo y prebendas de alto directivo. Es decir: alto directivo del llamado primer nivel, en las Compañías transnacionales prósperas.

Sweering y Takeda ocupaban también cargos en el vértice de dos instituciones que tenían muy poco que ver con sus cometidos reales, y les daban la cobertura para poder hincar el diente en los auténticos objetivos del *Pool.* El nipón llevaba la batuta del plan, que debía conducir a una notable concentración de poder, para el Consorcio, en el campo de las comunicaciones. Y el bávaro, en el de la bioquímica. Goldman era el cuarto hombre del *petitcomité,* y seguía al frente de su propia firma de abogados de Wall Street. Su patrimonio privado representaba la principal fuente de actividades para el bufete. «Yo soy mi primer cliente», solía decir con no poca sorna. El neoyorquino actuaba como coordinador y estaba en el ajo de cuanto llevaban adelante los otros tres miembros.

El Consorcio, o *Pool*, como se prefiera, funcionaba con muy pocas reglas. Por supuesto, no escritas: Las acciones promovidas debían beneficiar al máximo de miembros y, en todo caso, nunca a intereses individuales. Las operaciones a realizar por el pequeño comité ejecutivo tenían que influir preferentemente sobre mercados de los considerados de futuro. Los cien sólo se reunían una vez al año. Los cuatro miembros del *petitcomité* tenían delegada toda la autoridad para ejecutar los proyectos aprobados en el *meeting* anual. También recaía sobre ellos plena responsabilidad.

No solían pararse en pelillos, y el *modus operandi* podía sintetizarse con las máximas: «El fin justifica los medios» y «no queremos saber qué medios». De las que se infería el corolario: «Si hay problemas con alguna legislación, que cada palo aguante su vela.» O en términos más concretos: «Si la cosa se complica, el Consorcio no existe en ningún documento. Los cien se dan cita una vez al año para hablar del sexo de los ángeles.»

Goldman y sus adláteres tenían hondamente asumidas las reglas del juego, y eran conscientes de que si alguno de los planes llegaba a torcerse, tendrían que afrontar las consecuencias como personas aisladas. También sabían que el éxito en los proyectos les llevaría a alcanzar pingües beneficios, de distinto sesgo para cada uno de ellos. En el caso del *yuppie,* el premio consistía, al final, no sólo en el cheque, sino en un avance definitivo dentro de su carrera. Más importante que el dinero, para James Davidson.

La reunión de seguimiento mensual del mercado Sur-2 se inició con unas palabras lacónicas de Davidson, que presidía la mesa rectangular de caoba:

—Quiero insistir en que debemos ceñirnos al análisis de las variables técnicas. —Iba a decir «deben», pero prefirió meterse también dentro del lote. Abarcando con la mirada a los cuatro especialistas, que se sentaban, dos a cada lado, insistió—: Por favor. Nada de política. Nada de juicios personales. Quiero datos. Sólo datos.

Los expertos vivían pendientes de la evolución de Sur-2, como si se tratara del seguimiento monitorizado de un paciente de la unidad de cuidados intensivos. Gráficas, cifras, tendencias. Ninguno de ellos disponía ni de la más remota noticia del desarrollo sobre el terreno del proyecto vacuna.

La sala estaba iluminada por un gran ventanal, que se abría a la mañana agrisada y mortecina. Las paredes, forradas también de caoba, lucían prendas que certificaban todo tipo de logros en el volátil arte de la exportación.

Un hombrecillo arratonado, de cabello fino y muy lacio —«El rey del marketing», como solía llamarle Davidson—, se hizo con la palabra, y habló con un tonillo nasal, para desgranar las participaciones en distintos mercados de productos de consumo, como rezando letanías. Se comía muchas palabras, y leía hundiendo la barbilla sobre el pecho. Llamaba la atención la familiaridad con que se refería a los más nimios detalles, llegando a especificar si tal o cual cachivache se vendía con esta o aquella promoción, en la campaña de aquel mismo mes. «Los expositores son de color amarillo, y llevan un *display* con *valesdescuento* y tres monedas de oro...», puntualizaba con precisión de empollón.

A la media hora, Sally Kendon, que ya se revolvía en su asiento, interrumpió la insulsa enumeración de productos y formatos para advertir:

—Sé que contamos con tiempo limitado. Pero quiero anticipar que en mi área, la puramente sociológica, se ha producido un hecho que requiere atención especial. —Provocó un silencio, a fin de aumentar el efecto de sus palabras, para romperlo afirmando—: Si cuaja la grave anomalía que se ha detectado, todas las tablas de marketing pueden irse al garete.

Pronunció las frases sin prisa, con la voz serena y modulada de la mujer madura, que aún se sabe admirada.

El *yuppie* la observó, juntando las manos con inquietud, pendiente de lo que iba a decir.

Lisa Vendrell y Salinas habían bebido demasiado coñac. Regresaron a su vagón con las fuerzas justas para darse un par de sonoros besos en las mejillas: «mua» y «mua», desnudarse y meterse cada uno en su cama.

La doctora eligió la de abajo, «no tengo ganas de trepar como un chimpancé», y a Lic le tocó subir por la escalerita. En cuanto llegó arriba, se dejó caer sobre el colchón como si fuese un fardo, y trató de conciliar el sueño poniéndose cara a la pared.

Ninguno de los dos logró dormir de un tirón, ni mucho menos. Se amodorraban unos cuantos kilómetros. Se despertaban a la menor variación del ritmo de la locomotora. Volvían a coger el sueño. De nuevo, les sobresaltaba el espectro del efímero lucerío de las estaciones... Y así, hasta las seis de la mañana.

A las seis, Lisa salió al pasillo. Hizo pis. Al regresar ignoró su cama. Subió la dichosa escalerilla y se acurrucó detrás de Lic, pegándose a su cuerpo, encogido en forma de cuatro, para formar un cuarenta y cuatro.

Poco después la posición de ambos era similar. Aunque el cuarenta y cuatro había dado media vuelta y, en los altos del compartimiento, vibraban ya en danza frenética, que les aceleraba hacia un estallido idéntico. En el mismo instante.

Se durmieron profundamente, y tuvo que despertarles la voz del revisor, para darles apenas tiempo de vestirse antes de llegar a Chamartín. Salinas con cazadora de piel color hierro oxidado. Lisa con jersey caqui de lana gruesa, y como siempre, sin sujetador.

Madrid amaneció en un día sereno, pero el frío empezaba ya a apretar. Tomaron un taxi. Lisa se apeó primero, en la sede del partido. Lic continuó hasta la Plaza Mayor. Entró en su piso y pasó de largo por la recepción vacía, metiéndose en el dormitorio para lanzar por los aires cuanto llevaba puesto y terminar en el baño, bajo el chorro de la ducha, alternando el agua fría con la caliente.

Se vistió con camisa color crema de seda, y corbata azul marino de «Loewe». Al peinarse, trató de dominar los cabellos rebeldes de la coronilla, «no hay quien pueda con vosotros», y se puso el traje de franela que usaba sólo para las solemnidades.

Marisa ya había llegado. Estaba preparando café. El rumor del molinillo llegó hasta el dormitorio, y Lic empezó a olisquear, identificando con agrado uno de sus aromas preferidos. «Me gusta más el olor de los granos, que el de las tazas de café. Que ya es decir...»

—¡Qué elegante! —le saludó la secretaria, que estaba habituada a verle en blazer.

—Ya será menos.

—¿Tiene alguna reunión de postín? —preguntó Marisa con curiosidad.

—Sí y no —repuso Salinas, que ya había decidido presentarse sin avisar en casa de Esperanza, aquella misma mañana.

En cuanto salió el café de la cafetera exprés, Marisa llenó una tacita, y entró en el despacho del abogado llevando una pequeña bandeja en la mano derecha y un mazo de papeles, que consideraba urgentes, en la izquierda.

De la letanía que recitó la secretaria, Lic retuvo sólo un mensaje: «Ayer, a última hora, le telefoneó, desde Barcelona, el señor Juan Puig. Que le llame.»

Tuvo suerte, y encontró al motorista en su despacho de la calle Valencia.

—¿Has dormido bien, en el tren? —preguntó Puig con ironía.

La voz cazallosa se le rompía aún más en la oquedad del auricular.

—Psssé —exclamó el abogado, recordando el agridulce de la noche.

—Donde haya una buena moto, que se aparten esos trenecitos de juguete.

—Ya...

—Oye: ¿Le has dicho ya a Marisa que va a tener que tragarse las cintas de las grabaciones?

—Aún no.

—Que no te pase nada...

—Buscaré el momento propicio —dijo Lic, guiñándole un ojo a su secretaria que, con la mosca detrás de la oreja, trataba de ver por dónde iban los tiros.

—Vayamos al tema: El modisto ya ha puesto el huevo.

Juan Puig, que era experto en todo tipo de ojeos y escuchas telefónicas, solía curarse en salud, y hablaba usando símbolos y eufemismos.

—¿Y bien?

—Prefiero no decírtelo, ahora. Puede estar pinchada tu línea. Mañana tengo que estar en Madrid. Ya nos veremos en tu despacho.

Salinas andaba a buen paso por la calle Martínez Campos, aproximándose a casa de Laguna. Cuando llegó a la altura del Museo Sorolla, su mente le llevó a evocar playas levantinas, niños chapoteando en la espuma de las olas, y blancos caballos. De modo inconsciente, recordó la imagen de Esperanza. La Esperanza de veinte años, que vio por última vez en una cafetería de la calle de Alcalá. Para romper... Para romper dramática e irreversiblemente. Para siempre jamás. Una Esperanza que más que estar, levitaba, sobre la arena luminosa e incorpórea.

El portero vestía blusón de rayadillo. Le dio los buenos días, con gesto interrogativo, desde el fondo de un portal que olía a abrillantador de muebles y a netol, y salió a su encuentro preguntándole: «¿A qué piso va?»

El hombre debió de quedarse satisfecho sólo a medias con las exactas palabras del abogado: «Voy al sexto. A casa de la señora Laguna.» No se quedó tranquilo del todo porque, mientras el ascensor subía, llamó por el telefonillo interior para dar la voz de alerta. Ya le estaba aguardando, en el rellano, una doncella en traje de faena, evidentemente advertida por el desconfiado morador de los bajos del edificio.

Lic tuvo una breve conversación con la chica.

—¿Qué desea? —preguntó ella, desabrochándose el amplio delantal blanco que, al parecer, no resistía una revista.

—Necesito ver a la señora Laguna. Soy amigo de la familia.

Salinas le tendió una de sus tarjetas, en la que se leía nombre y profesión, en relieve y con letra inglesa.

La doncella le permitió entrar en un recibidor de gruesa y peluda moqueta verde hierba y de altas vitrinas cerradas con llave, que contenían la colección familiar de abanicos. La mayoría eran de pie de varillas, pero el país iba desde la tela al papel, y aun a la piel.

A los pocos minutos regresó la chica con un delantal inmaculado y, entreabriendo la gran puerta acristalada, pidió a Lic: «Sírvase tomar asiento en el saloncito; la señora no tardará en recibirle.»

Sobre una mesilla de mármol negro, veteado de blanco, descansaba el *Financial Times* del día anterior. Intacto, sin desplegar. Parecía un póstumo homenaje cotidiano a Rodolfo Laguna. Frente al ventanal, la pared albergaba un solo cuadro. El de Esperanza. Alargada y cálida, como en un Modigliani. Y era ella. Era rotundamente ella, con la nariz más aguileña, el mentón mucho más anguloso, piel ocre y dedos largos y fluorescentes como los tentáculos de una medusa.

Salinas violó el periódico inglés porque la portada anunciaba un artículo sobre la evolución del dólar, y también por huir de los ojos zarcos del retrato, que le atraían.

Los saltos de la divisa estadounidense le interesaban tanto como las buenas partidas de dominó. Solía apostar contra sí mismo, en una especie de solitario, sobre cuál sería su exacta cotización el último día de cada mes. Se daba de plazo hasta el quince, para anotar la cifra en la agenda de sobremesa de

Marisa. Si, cosa rarísima, ganaba alguna vez, se autoinvitaba a comer marisco, y sólo marisco, hasta quedarse satisfecho. Cosa carísima.

Terminó el artículo: «Veremos...» Volvió a plegar el diario. Consultó su reloj: «Ya llevo un cuarto de hora.» La vista se le fue, de nuevo, al rostro de la mujer del cuadro.

Por fin la manija dorada de la puerta se movió, y apareció Esperanza vistiendo un camisero negro de punto.

James Davidson había ido encargando distintos estudios a los mejores especialistas, desde que el consejo de los cien decidiera seguir, con detalle, la evolución del mercado Sur-2, hacía ya casi un par de años. Se acostumbraba empezar por «seguir con detalle», para llegar a disponer de toda una panoplia de datos, como fase previa a concretar el objetivo. En la última reunión plenaria del Consorcio se decidió actuar, y los presupuestos destinados al proyecto se multiplicaron.

Sally Kendon sabía que se encontraba ante el cliente más importante de la historia del Instituto Internacional de Sociología, en el que ocupaba el puesto de directora, y tenía mucho interés en demostrar hasta qué punto estaba preparada para analizar las más insignificantes alteraciones en lo que el *yuppie* definió como «zonas sensibles» del mercado Sur-2. Su carrera podía progresar rápidamente si lograba aumentar el volumen de trabajo de la entidad y solía orientar la exposición de conclusiones tratando de provocar el mayor efecto. James ya la había felicitado, cosa rara en él, por la forma en que llevó adelante un estudio sobre el previsible impacto que produciría en Sur-2, un golpe de Estado que abortara a las pocas horas de estallar.

El Consorcio encargaba los estudios a institutos y agencias

que no estuvieran controladas por sus miembros, para evitar que el eterno vicio de tratar de quedar bien con el cliente, pudiese afectar las cifras y conclusiones de los resultados técnicos.

Davidson adelantó el tronco, apoyando la cabeza sobre las manos para escucharla mejor.

—En los últimos días, se está dando una actividad inusual dentro de lo que venimos denominando como núcleos golpistas duros —advirtió Sally.

—¿Qué tipo de actividad? —preguntó Davidson, sin mostrarse sorprendido por lo que acababa de anunciar la socióloga.

—Reuniones de todo tipo. Incluso en marcos tan inadecuados como son los reservados de las cafeterías. —Pronunció el «inadecuado» poniendo boca de reprobación—. Al parecer, cuentan con gran cantidad de dinero, desde hace poco.

—¿Cómo van a usarlo? —inquirió el *yuppie,* dibujando una media sonrisa en sus finos labios.

—Señor Davidson, la importancia del contrato exige tener destacado a Bob Winters en Sur-2, supervisando los trabajos de campo —contestó, aplazando la respuesta y señalando al joven sicólogo de rostro acristalado que se sentaba a su izquierda—. Bob ha tenido la habilidad de formar un equipo de técnicos locales, con excelentes contactos entre los medios más conservadores del país. Y, aunque pueda parecerle increíble, esos facciosos ya hablan de materializar un golpe radical. Quizá vayan a invertir en ese peligroso asunto.

—Está invadiendo mi territorio —protestó Lambeth, sin elevar la voz—. Sus observaciones caen más dentro del área de la seguridad que de las Ciencias Sociales.

Arrastró el «Ciencias Sociales» con cierto desdén.

—Estoy hablando de mi actual contrato, señor Lambeth. —Sally le perforó con sus ojos castaños—. Las hipótesis de partida que aprobamos en este comité, consistían en analizar a fondo el previsible nivel de rechazo... o aceptación de un golpe de Estado, de características moderadas, entre el público de Sur-2.

Sally Kendon extendió la mano para indicar que pretendía continuar con sus razones, y puntualizó:

—Pero ahora parece que algo ha cambiado. Da la impresión de que el golpe que estamos estudiando, el que iría a reconducir la situación para implantar un gobierno de gestión, va a ceder el paso a otro radical. Si se dan esas circunstancias, deberíamos iniciar un nuevo estudio, y tendríamos que aprobar otro presupuesto suplementario.

—Preséntame una memoria con el desglose de costes —indicó Davidson, tratando de maquillar su interés por la propuesta, y añadió—: Ahora, si no tiene otro informe urgente... e importante, le agradecería que me sintetizara las conclusiones de sus trabajos.

Sally y Bob Winters resumieron los últimos resultados, poniendo el énfasis en que sus datos decían muy a las claras que no se produciría una huelga general si triunfaba el golpe moderado. Puntualizaron, un par de veces, que estaban estudiando las previsibles consecuencias de un brote levantisco suave, pactado con algunos políticos, y destinado a corregir la democracia en Sur-2.

—No nos estamos refiriendo a la eventualidad de un golpe radical. Insisto. No hemos sondeado aún el impacto que pudiera provocar en el tejido social ese otro tipo de golpe duro —recalcó Sally Kendon.

En cuanto la reunión terminó, Lambeth y James Davidson se trasladaron al despacho del *yuppie*, mientras los otros tres salían por una escalera con baranda, de barrotes de hierro recién pintados de blanco, que daba directamente a un vestíbulo decorado con demasiados oropeles, losanges en las ventanas y bustos de bronce. La oficina del presidente de la Asociación tenía acceso directo, y sus visitantes podían subir, sin más trámite que identificarse ante el agente de seguridad encargado de controlar a las personas que entraban y salían del edificio.

Lambeth era un héroe de Corea, de nuez poderosa y mejillas descarnadas, que mantenía excelentes relaciones con los servicios de inteligencia de medio mundo. Su agencia, especializada en lo que él llamaba «asesoría en asuntos de seguridad», no era otra cosa que la tapadera de sus principales actividades: Tráfico de influencias, y de armas.

James Davidson se sentó en su sillón de cuero negro. Lambeth, desde el otro lado del escritorio forrado de piel color tabaco, empezó a quejarse:

—Sally Kendon ha oído campanas y no sabe dónde. —Y extendiendo sus dedos sarmentosos, especificó—: No puedo tolerar que esa mujer le intoxique con informaciones que ni son de su ámbito de competencias, ni solventes.

—Lo ha hecho con la mejor intención.

—Señor Davidson, voy a explicarle lo que, de veras, está ocurriendo en Sur-2. Usted mismo podrá juzgar, después, si la versión de la socióloga tiene, o no, pies y cabeza.

—Le escucho.

El *yuppie* sabía que Lambeth era muy picajoso, pero sus fuentes solían ser tan excepcionalmente buenas que se resignaba, de buen grado, a soportar las críticas frontales que acostumbraba proferir contra todo lo que viniera de sicólogos, sociólogos o cualquier profesión terminada en «ólogo».

El asesor en asuntos de seguridad se pasó la mano por el cabello corto y entrecano, y dijo:

—Es cierto que, en Sur-2, está surgiendo un nuevo fenómeno: Se prepara un golpe de Estado radical, además del moderado. Pero el primero —contó disparando el índice— no tiene nada que ver con lo que nos ha contado Sally.

—¿No?

—No. El golpe radical está siendo desarrollado por auténticos profesionales de las armas. Se diferencia del moderado en que no aceptan en sus filas a ningún político. Y en que...

—Y en que, ¿qué?

—Y en que quieren ver rodar cabezas.

—¿Qué hay de los que se reúnen en las cafeterías?

Davidson le provocó, por ver qué opinaba de las conjeturas de Sally Kendon.

—Es cierto. Existe un tercer grupo. Son extremistas de derecha, que están deseando empuñar las pistolas y montar algún *show*. Ésos son los que se reúnen en las cafeterías... y tienen mínimas probabilidades de consolidar un golpe serio.

—¿Quiénes forman ese... llamémosle grupo de las cafeterías?

—Nostálgicos del fascismo. Les une más la añoranza del pasado que un plan frío. Son demasiado idealistas. No basta con esos ingredientes para que cuaje un golpe. Hace falta contar con una sólida organización militar que cubra el territorio, y además con el respaldo de grupos económicos. Los *lobbies* de negocios pueden conseguir que el nuevo régimen sea aceptado, tarde o temprano, en el exterior. Los partidarios del golpe moderado tienen todo eso. Los del radical sólo disponen de la estructura castrense geográfica.

—¿Hay civiles en el grupo de las cafeterías?

—Sí —repuso el asesor con una mueca de extrañeza por la pregunta que no esperaba.

—¿Puede darme nombres? —preguntó Davidson aliviando las comisuras de los labios en una sonrisa ácida.

—Trataré de hacerlo.

—¿Cuándo?

—No puedo comprometerme en una fecha concreta. Dependo de la información que quieran darme los servicios de intcligencia.

—Téngame al corriente en cuanto la consiga.

Lambeth asintió tomando nota y, tras cabecear, habló intentando endulzar la voz desabrida:

—Ya sé que mi misión es aconsejar, y no preguntar. Para eso me pagan.

«Y mucho», pensó el *yuppie*, recordando la cifra que cobraba el americano por sus servicios.

—Pero... —El asesor se interrumpió, para decidirse por fin a decir—: Pero, si tuviera que apostar por un caballo, jugaría fuerte la carta del golpe moderado.

—¿Por qué?

—Hay una razón previa, de peso. Mis informadores, que todo lo saben, me han asegurado que los centros de poder dcl mundo occidental se despacharían, si se diera el levantamiento, con un: «Es un asunto interno de Sur-2. No debemos intervenir.»

Lambeth, toqueteándose la corbata, prosiguió:

—Ese golpe sólo pretende corregir la constitución, e introducir un simulacro de democracia, que podría ser tolerado incluso por los gobiernos más conservadores de algunos países occidentales. No pretenden derramar sangre..., no son como los partidarios del golpe radical, que quieren una noche de San Bartolomé... Y sé de buena tinta que, en el caso de triunfar, permitirían cruzar la frontera a rojos, sindicalistas e intelectuales de izquierda. El gobierno de gestión que se haría con el poder, admitiría también civiles de prestigio, que con sus relaciones y *know how*...

Davidson ya no escuchaba. En su mente iba tomando cuerpo una pregunta: «¿Me habré equivocado defendiendo la opción vacuna?»

El asesor seguía enumerando sus razones. El *yuppie* acabó por decirse, tentándose los labios: «He conseguido que se apruebe la operación vacuna, y la voy a desarrollar hasta el final. A estas alturas ya no me perdonarían un titubeo.»

Lambeth insistió, en dos últimos argumentos:

—Los sociólogos ya nos han dicho que no habría huelga general... Y el triunfo de los moderados abortaría el peligrosísimo golpe de Estado de los radicales.

Antes de acertar a pronunciar una sola palabra, Esperanza le miró despacio, con la boca entreabierta. Parecía que tratara de verle por dentro, yendo mucho más allá de la frontera de la piel.

Ella se apoyó por unos instantes en la manija de la puerta, para decir:

—No te esperaba.

Habló adelantando la cabeza, aproximándose a la postura del retrato. Se acarició la media melena dorada, apartándose el cabello del rostro, y se sentó frente a Salinas, en una silla alta, ocupando tan sólo la mitad anterior del asiento.

Con voz grave, Esperanza insistió:

—No esperaba que quisieras verme.

—Han ocurrido muchas cosas —repuso Salinas, hundiendo la mirada en las aguas claras, azules y verdosas de aquellos ojos de niña malcriada.

—Ni aun así. Ni con lo que me ha pasado... llegué a creer que aceptaras volver a hablar conmigo.

Se hizo un embarazoso silencio. Lic la observó de arriba abajo, apreciando lo bien que se conservaba, a pesar de las arruguitas que le nacían junto a las cuencas de los ojos. Y también a pesar de su expresión de ida.

El abogado reparó en que Esperanza llevaba puestos los mismos pendientes del retrato. Joyas esquemáticas y filiformes, de oro blanco.

Ella, señalando el cuadro hizo un mohín, y suspiró:

—¡Cómo nos gustaba Modigliani...! Y han pasado veinte años. —Alisándose una arruga imaginaria del vestido, concluyó—: Y ahora me he quedado sola.

—*La solitude, ça n'existe pas* —recitó Lic, evocando los viejos tiempos.

—Gilbert Becaud —exclamó ella, con brillo acuoso en los ojos y un pliegue de añoranza en los labios.

—¿Te acuerdas del verano que fuimos a oírle al estadio de Montpellier? —Salinas alzó la vista, como queriendo flotar por encima del tiempo—. Becaud se rasgó toda la pernera del pantalón, dando un salto hasta el público.

—Y continuó actuando —sonrió Esperanza, mostrando dos hileras de dientes de fumadora y de clienta habitual del odontólogo.

—Está igual —afirmó el abogado.

—¿Quién?

—Gilbert Becaud. Le vi cantar el verano pasado en el «Casino de Perelada». El mismo voltaje. La misma voz. Igual de cachondo. Dedicó una canción al saxofonista. El chaval del saxo se subió a lo alto de una escalera, y tocó de coña allí arriba, moviéndose a lo Nueva Orleáns.

Esperanza juntó las manos sobre el regazo, y se aventuró a preguntar:

—¿Has hablado con Alberto Valle?

—¿De qué?

—De lo que me está pasando.

—¿Debía hacerlo?

Ella le miró con una pizca de crispación, no exenta de petulancia, que le acentuaba el perfil de ave. Y por fin lo dijo:

—¿Por qué crees que te ha encargado el caso?

—¿Lo sabías?

—Se lo mandé yo —afirmó, quitándose la careta y hablando con el aire prepotente de las personas que viven convencidas de que se les debe todo.

Salinas torció la boca, con una mueca de disgusto, y precisó:

—Me dio otra versión. Por cierto muy distinta.

«Ahora comprendo que Valle se mueva con tanto titubeo... y tanta coña marinera», pensó.

—La que yo le sugerí —contestó con frialdad.

—¿Quién pagará los gastos? —inquirió el abogado, con una chispa de cinismo.

—Yo. Como es natural —y bajando el tono, añadió—: El saberlo te dará mayor libertad de movimiento. Quiero averiguar por qué mataron a mi marido en un cabaret infecto.

Se le rompió la voz, al pronunciar «cabaret infecto».

—La investigación puede resultar larga y cara —dijo Lic, sólo para informarla, sin dobles intenciones.

«Que le acuchillaran en el "Sam's Cabaret" ha sido demasiado para ella», pensó compadeciéndola.

—No me importa lo que cueste. Ni en dos vidas podría gastar el dinero que me ha dejado Rodolfo. Y tiempo... Tiempo es precisamente lo que va a sobrarme a partir de ahora.

Salinas recordó que cuando se calentaba la sangre de Esperanza, se acentuaba su olor natural, ligeramente almizclado. Unido al del «Chanel» número cinco, componía una fragancia que le era familiar: El aroma del cuerpo de la mujer que tenía delante, en aquel preciso momento. «Sigue usando el mismo perfume, aunque no le vaya ahora, ni le fuera entonces», se dijo Lic.

Ella, tras una pausa, prosiguió hablando quedamente:

—Imagino que Alberto Valle te habrá contado el camelo de que va a pagar tus minutas con su sueldo. Ya sabes que es de vía estrecha. Insistió mucho en el argumento, creyendo que te tocaría la fibra sensible, y me dejé convencer. Yo quería que aceptaras el caso, y temía que lo rechazaras si te lo encargaba yo misma.

—Estoy en ello. Aunque no sé por ni para qué.

Tras pronunciar estas palabras con poco entusiasmo, Lic terminó por callarse y fruncir los labios.

—Tomé la decisión yo sola. Más tarde informé a mi hermano Carlos. El que trabajaba con Rodolfo. —Esperanza se interrumpió, para proseguir mirando con fijeza al abogado—. Te agradecería que colaborases con él. Sabe muchas cosas de los negocios que mi marido tenía entre manos. No quiero dejarle fuera de los trabajos de investigación. Compréndelo:

No puedo darle a entender que dudo de su competencia profesional, pero el asunto me parece demasiado complicado para dejarlo en sus manos, y en las de Valle.

—¿Qué estudió Carlos?

—Derecho, en Barcelona. No coincidisteis porque entró en la Facultad después de que terminaras. Luego hizo un curso de dirección de empresas en Fontainebleau, y estuvo trabajando en el extranjero hasta que Rodolfo le ofreció un puesto a su lado. —Su mirada se perdió más allá, mucho más allá del ventanal. Y habló para sí misma—: A veces pienso que estudió leyes sólo porque yo dejé la carrera, al cambiar de Universidad y casarme. Quizá me ponga a estudiar de nuevo. No sé. Tengo que pensar qué voy a hacer.

—Te sentaría bien cambiar de ambiente —aconsejó Salinas con la mejor intención.

Una camarera, de uniforme negro y muy cuitada, entró en el saloncito tras pedir permiso, dejando en la mesilla el juego de café que llevaba sobre una bandeja de plata, con las iniciales de la casa. Esperanza llenó a medias la tacita de Lic, y se la tendió sin azúcar. Ella lo tomó añadiéndose un solo terrón.

—¡Si tuviera un hijo...! —se lamentó, con los ojos vidriados—. Para mí fue una sorpresa, y un golpe, el no llegar a quedarme embarazada.

«No me extraña en lo más mínimo. Con todos los errores que cometimos..., ni siquiera se te retrasó la regla —pensó Salinas, poniendo cara de circunstancias—. Y el día que se nos pinchó el condón... Qué culo pasamos.»

Esperanza insistió en hablar de la descendencia, y el hilo de sus ideas la llevó a Sergio:

—El hijo del primer matrimonio de Rodolfo le trajo, al pobre, por la calle de la amargura.

«Y dale con el tema», se dijo Lic.

—No me aceptó nunca. Nos llevábamos muy pocos años, y no le perdonó a Rodolfo que se casara conmigo. Sergio se encerró en el recuerdo de su madre, y no ha querido evolucionar. Es un niño grande, que juega ahora con pistolas de verdad.

—¿Os visitaba a menudo?

—Ni venía por casa, últimamente. Ni siquiera en Navidad.

La última vez que le vi, aparte del horrible día del entierro, fue para Año Nuevo, hará tres o cuatro años. Y nos enfadamos, al final. ¿Sabes por qué?

El abogado negó, en un gruñido sordo.

—Sergio, y también el pobre Rodolfo, no creas, se dedicaron a sacar la lengua, y hacer las burlas más groseras, a todos los políticos que iban desfilando por el telediario. Que si chorizos. Que si chaqueteros... —Lic la seguía con gesto zumbón en los labios y ojos reidores—. Debía de ser el informativo de las tres. Estábamos tomando el aperitivo. Bebo poco, pero ellos ya llevaban dos o tres whiskies. El servicio les miraba con risitas. Hoy no puedes fiarte de nadie... —Endureció el gesto—. Me enfadé mucho, y les dije que no me gustaba que se sentaran delante de la tele haciendo cortes de manga como energúmenos. ¿Sabes qué ocurrió?

Salinas negó, ahora con la cabeza.

—Sergio se levantó. Me llamó algo que aún tengo aquí. —Se señaló la parte occipital del cráneo, en un gesto rápido—. Me llamó puta. A mí. Me llamó puta. Y se fue dando un portazo. No ha vuelto a poner los pies en esta casa. Ahora no tendré más remedio que encontrármelo en el despacho de Mora.

Lic la miró con gesto interrogativo. Ella precisó:

—Sí. En la notaría Mora. La que nos lleva las escrituras.

—¿Conoces el testamento ya? —preguntó el abogado, pensando: «Vamos a ver si el señorito Alberto Valle me dijo la verdad... o si, como acostumbra, sólo me contó una verdad a medias.»

—Ya lo conocía en vida de Rodolfo.

—¿Te lo ha dejado todo?

—Casi todo. —Recalcó el «casi». —Una pequeña parte de la herencia pasará a Sergio. Pero no le compadezcas. No... Con la muerte de Rodolfo desaparece el usufructo que gravaba el fortunón que heredó de su madre. —Terminó por decir—: El notario es amigo de la familia, desde siempre, y logrará que acepte las cosas sin armar un escándalo.

El abogado no repuso nada, pero pensó: «En esa notaría trabaja Paloma, y me llevo muy, pero que muy bien con ella...»

Esperanza consultó su «Rólex» de oro, y lamentó:

—Qué tarde es ya. Aún tengo que hacer mil cosas. —Se puso en pie y, aproximándose mucho a Salinas, le rogó—: Por favor, tenme al corriente de todo.

Le acompañó, con andar cadencioso, hasta la puerta, haciéndole seguir un nuevo itinerario, para pasearle por la opulencia isabelina del salón y por un gabinete en el que lucían varias obras impresionistas de firmas caras, y una fotografía suya montando a mujeriegas en un alazán. Se despidieron con dos besos en las mejillas y, al llegar al quicial de la puerta, Lic dijo:

—¡Bueno, adiós! Se te hace tarde. No me acompañes.

Esperanza se quedó observándole, con ojos áridos, desde la mirilla de herrajes dorados, hasta que se montó en el ascensor.

Samuel Brixton dedicó casi un cuarto de hora a hablar del tiempo y del último fin de semana. Conservaba aún la tradición inglesa de empezar por esa clase de asuntos, antes de entrar en materia, a pesar de que su familia llevaba ya años afincada en Madrid.

Salinas le conocía bien, y estaba familiarizado con la liturgia que se gastaba en aquella oficina de la Avenida de Alberto Alcócer. Le seguía la corriente, moviendo los ojos al compás de lo que iba diciendo, y esperaba con resignación que diera por finalizado el preámbulo.

Ya atardecía. Se encontraban en un despacho acristalado de moqueta ocre, y Samuel se sentaba detrás de su escritorio de limoncillo. Pieza decimonónica que se había traído de la casona de sus padres. «Eres de confianza. No es necesario que nos metamos en la sala de juntas. Aquí lo tengo todo a mano, y estaremos más cómodos», dijo con mirada catalogadora, mientras saludaba a Lic en la recepción.

Brixton era el número uno de la oficina de Madrid, y formaba parte de una organización trasnacional de *head hunters* (1). Desde allí, identificaba a los mejores profesionales

(1) «Cazadores de cabezas», en su traducción literal. Oficinas especializadas en la colocación de ejecutivos.

que podían encontrarse dentro de lo que acostumbraba denominar como mercado de cerebros. En cuanto daba con una cabeza que casara con alguno de sus clientes, se dedicaba a atraerla utilizando toda la panoplia de argumentos: desde las mejoras de salario, hasta la solvencia de la firma que ofrecía el nuevo empleo, pasando por los detalles que suelen halagar las vanidades de los ejecutivos, y que tienden a afirmar su autoridad, por la vía segura de los símbolos del estatus.

En cuanto Brixton terminó su charla preliminar, Salinas inició:

—Me gustaría consultarte un asunto que me preocupa..., y mucho.

El abogado proporcionaba buenos contactos al *head hunter*. Interviniendo en la compraventa de sociedades aparecía, a veces, la necesidad de contratar nuevos directores. Samuel se había llevado el gato al agua, en varias operaciones, y aún seguía colaborando con las firmas.

—Adelante. Encantado de ayudarte —repuso en tono formal y algo engolado, pasándose la mano por el cabello crespo.

Samuel Brixton era un ingeniero preacuarentado y muy puesto, que vestía casi siempre ternos oscuros. Ceceaba ligeramente, y aunque tratara de aflojar la tensión en que mantenía normalmente el rostro, era raro que lograra borrar el gesto de bulldog.

Salinas, hablando con aire muy serio (cosa rara en él), anunció:

—Me estoy ocupando del asesinato de Rodolfo Laguna.

El *head hunter,* bajando la cabeza, le observó interesado y, con la vista, le animó a proseguir.

Lic extrajo una ficha acartonada del bolsillo interior de la chaqueta, y comenzó a leer en voz alta los nombres que había copiado de la agenda que Valle llevaba a Rodolfo Laguna.

Brixton iba haciendo comentarios sobre la marcha. Fulano: «Del *ancien régime,* aunque sigue pisando fuerte en política. Está forrado.» Mengano: «Se llenó los bolsillos con el estraperlo. Vive obsesionado por el peligro del rojerío.» Zutano: «Miembro del chollamen.» El otro: «Está quemado, es una vieja gloria. Pero ya tiene cubierto el riñón.» Los juicios mostraban muy a las claras cuál era su monotema recurrente, que desteñía del oficio de cazador de cabezas: situar a cada cual dentro del mapa cerebralizado del mundo de los negocios.

En cuanto el abogado nombró a James Davidson, el *head hunter* abrió mucho los ojos y dijo:

—Esto es harina de otro costal. Hasta ahora me has ido recitando el *who is who* del cementerio de elefantes... Pero Davidson es una estrella ascendente.

Samuel tomó nota de tres o cuatro de los personajes citados por Salinas, y se comprometió:

—La oficina de Londres debe de tener el *dossier* de Davidson —sonrió sin despegar los labios, añadiendo—: Y yo mismo puedo ampliarte la información de algunos de estos señores, aunque necesitaré un poco de tiempo.

—Ante todo, me preocupa averiguar quién va a aprovecharse de la muerte de Laguna —dijo el abogado, apoyando la frente en el reverso de la mano.

—Supongo que ya sabrás que su hijo va a manejar un patrimonio muy considerable...

—Sí. Con la muerte de Rodolfo, pasará a la plena propiedad de las fincas rústicas... Herencia de la madre.

—Fincas rústicas, y además acciones. Mucho dinero en acciones: Matildes, Iberdueros y cosas por el estilo.

—¿Quién te lo ha dicho?

—También colocamos directores de Banco. También... —repuso sin dar la menor indicación sobre fuente tan documentada.

Samuel releyó la pequeña relación que se había hecho y, con el tono protocolario habitual, preguntó:

—¿Conoces a Ferreróns?

El *head hunter* se refería al socio de la empresa de confección, de Sabadell, en la que participaba el muerto.

—No.

—¿Sabes que en los ambientes textiles le llaman «señor Torras»?

Lic negó, en silencio. Brixton, manteniendo el gesto avinagrado, prosiguió:

—Le adjudicaron el mote por el chiste del señor Torras. Fabricante que llegaba cada noche a las tantas, contándole a su mujer que había estado trabajando en la oficina. En realidad, era tan conocido en un cabaret, que la chica del último *strip-tease* se quitaba el sujetador preguntando a la concurrencia: «¿De quién son estas tetorras?» A lo que el público respondía a coro: «Del señor Torras.»

Los dos se rieron a carcajadas. Cosa cara de ver en Samuel Brixton, quien sufría tics abaciales, de tanto recibir a clientes que confundían su despacho con el confesonario.

Había anochecido ya, y el viento arreciaba. Salinas anduvo a buen paso por Alberto Alcócer, sonriendo gracias al señor Torras y a sus tetorras. Cruzó la Plaza de Cuzco, y más allá se metió en Capitán Haya, terminando por encaminarse al «Golden Lion». Aquellas calles, con sus hoteles, pubs y comercios decorados al último grito daban a la ciudad un aire de modernidad. Pero él prefería la atmósfera, el olor a fritanga, y el laberinto del viejo Madrid de los Austrias.

Enfrente de la puerta estaba estacionada, en doble fila, la camioneta de una cadena de lavanderías, anunciando en su parte trasera con grandes caracteres: «El super 7.»

Lic se detuvo por un momento ante el número de mal agüero, plantado allí delante de forma tan ostensible. Pero terminó por entrar en el pub de Ana, diciéndose: «Veremos por dónde sale la negra. El siete no falla...»

Tan pronto llegó a la altura de la barra de madera, oscura y gruesa, le acogieron con parabienes dos camaradas de dominó, que estaban pimplándose, mano a mano, una botella de brut: «Vaya, Salinas. Qué bien lo hiciste la última vez. ¿Quién iba a decir que tenías la llave? Vas a darnos la revancha... ¿Eh?»

El abogado se excusó con un: «Otro día.» Estaba seguro

de perder el envite, y sólo aceptó la copa de champán que le ofrecieron.

Ana dejó el grupo de progresistas de molde, en el que estaba tomándose un vermú, y se acercó a saludarle, con andar de caderas batientes, apartándose del rostro las rubias guedejas aleonadas. Al abrazarla, para darle dos besos sonoros en las mejillas, Lic se dio cuenta de que olía a jara, y no al «Chanel 19» que a él tanto le gustaba. Ella, señalándole el teléfono, dijo:

—Alex Comas vendrá dentro de un rato. Ha llamado y me ha preguntado si sabía algo de ti. —Terminó por fruncir los labios, quejándose—: Chico, hace días que no se te ve el pelo. Tú sabrás lo que haces...

Salinas subió al altillo y se instaló a la mesa habitual, desde la que se dominaba toda la sala. Ana regresó a la tertulia, y se mezcló en su animada cháchara, situándose al lado de José Carlos Robles.

Robles era un dentista de cabello abundante y cano, que vestía con demasiada afectación para merecer el adjetivo de elegante. Le encajaba mejor el de replanchado. No era ni alto ni bajo, ni gordo ni flaco, ni guapo ni feo. Y se había encaprichado de Ana, ofreciéndole el sagrado vínculo del matrimonio.

La última vez que Lic y Ana habían pasado la noche juntos, en el pequeño apartamento de la trastienda del «Golden Lion», ella le confesó que estaba considerando la proposición. Asegurándole, en tono sarcástico, que si llegaba a dar el paso, seguirían siendo buenos compañeros de dominó, aunque no de cama.

Como es natural, Salinas había cogido mucha ojeriza al dentista, y no perdía ocasión para agredirle con todo un extenso repertorio de recursos dialécticos, aprovechando la menor ocasión para llamarle sacamuelas. Aunque Robles procuraba mantenerse fuera del alcance de las pullas del abogado, no tenía más remedio que tropezarse con él en el pub, al que odiaba. Robles solía decirse: «Si se casa conmigo, lo traspaso al día siguiente.»

Ana cazó al vuelo la libretita del camarero y, consultando lo que había pedido Salinas, dijo: «Al señor le serviré yo.»

Le subió una botella de «Islay» y canapés de ahumados, sentándose enfrente. El dentista les miraba de reojo, desde la barra, fingiendo que se interesaba mucho por cuanto se cocía en su grupo. Lic ofreció a la chica uno de sus puros filipinos, y ella aceptó, prendiéndolo con una cerilla de madera.

Salinas hablaba de todo y de nada. Ella escuchaba en silencio, hasta que lo rompió para afirmar:

—Te veo como un poco ausente.

—Tengo un caso entre manos, que se las trae...

—La eterna cantilena... —exclamó Ana, poniendo en el techo los ojos grandes, oscuros y redondos.

—¿Puedo pedirte ayuda? —se arriesgó a preguntar Salinas, sonriendo con aire zumbón.

—Depende —objetó ella, endureciendo el gesto.

—Estoy buscando indicios que puedan aclarar el asesinato de Rodolfo Laguna. ¿Sabes cómo ocurrió?

—Claro. Ha salido en todas partes.

—Le acuchilló una bailarina de music-hall.

Adornó la profesión de la paraguaya, recordando los tiempos en que Ana actuaba, ligera de ropa, dentro del elenco de un *show*. En el «Red Lion».

—Ya lo sé —dijo la chica, bajando el tono para disimular la cólera naciente.

—Quizá puedas enterarte de algo...

—Óyeme bien —ladró enrabiada, ahogando un estallido—: Tú, en el fondo, sólo ves en mí la chica de cabaret que conociste, hace ya mucho tiempo. Da grima. Sólo me quieres para encamarte conmigo o para pedirme que meta las narices en el mundo del putilleo. No y no. Esta vez, no lo haré —exclamó con voz timbrada de ira.

Se levantó y se puso a recoger los vasos de una mesa que acababa de vaciarse.

José Carlos Robles siguió la escena a distancia, con mal disimulada complacencia.

Salinas, ensimismado, terminó despacio su whisky de malta, con sabor a turba. Ya se disponía a irse cuando apareció Alex Comas, diciéndole: «Vaya, pero si está aquí mi socio de dominó.»

El periodista se quitó la zamarra y, señalando sin el menor disimulo al dentista, le propuso a Lic:

—¿Echamos un chamelo con el sacamuelas?

—Dejémoslo, Alex. El horno no está para bollos.

—Lástima. A ese cagareto le podíamos sacar los cuartos. Tenía yo ganas de agacharme hoy.

—Ana no está fina.

—¿Qué le has hecho? —preguntó Alex, observándole por encima de las gafillas redondas, de alambre dorado.

—Le he pedido ayuda.

—¿En qué andas metido?

—En el caso Laguna.

—¡Lagarto!

—¿Sabes algo que no haya publicado la Prensa?

—No. Pero juntando los recortes de los periódicos, se ve que el muerto era un factótum retro.

—¿Has cubierto la información?

—No. —El periodista, sonriendo malévolamente, indagó—: ¿No se te habrá ocurrido pedirle a Ana que se informe sobre la puta que apuñaló a Laguna...?

—Acertaste.

—¡Qué tacto, el tuyo! —exclamó Alex, llevándose la mano, seca y huesuda, a la cabeza.

Los camaradas de dominó, que querían la revancha, volvieron a envidar, esta vez al periodista, aprovechando que se había acercado a la barra a por un *pink gin.* Y aceptó. Lic no pudo negarse a formar pareja con Alex, y se enzarzaron en el juego.

Lic y el periodista perdieron, y mucho. De vez en cuando, el abogado maldecía entre dientes. Alex trataba de darle ánimos diciéndole: «Ahora. A cara de perro.»

Era muy tarde ya y, amén de Ana y su pretendiente, sólo ellos permanecían aún en el «Golden Lion». José Carlos Robles había seguido desde la talanquera todas las incidencias de la partida, regocijándose con sonrisa sorda cada vez que Lic soltaba un exabrupto. Pero a medida que avanzaba la noche, era el abogado quien iba riéndose por los bajines, al ver la cara de desconcierto que ponía el dentista ante la perspectiva de compartir la madrugada con Ana... y también con los otros cuatro chameladores.

Pasadas las dos, ella se descalzó, diciendo uf con alivio. Era mujer de carnes prietas y pies carnosos, que se empeñaba en llevar zapatos que los estilizaran, pagando el precio de la tortura cotidiana. Subió al altillo y, mirando al periodista e ignorando al resto, dijo:

—Estoy muerta de cansancio.

En las cuatro palabras no sólo encerró el mensaje: «Se acabó.» Además, eran el código que expresaba, sin el menor lugar a dudas, que aquella noche quería dormir sola.

Lic lo captó a la primera, poniendo mueca de resignada ironía. El dentista no se dio por aludido.

Alex, remedando a la chica, parloteó:

—¡Ay! Estoy muertecito. Muertecito de cansancio. —Lo hizo manoteando y amanerando el gesto para preguntar a Salinas—: ¿Me llevarás a casa en tu coche?

—He venido a pie —repuso el abogado, acariciándose el cabello.

Los jugadores de dominó que habían ganado, dieron las buenas noches y se marcharon discretamente, diciendo: «Vivimos al lado.»

El periodista miró a Robles con aire de iluminado, y propuso:

—Nos llevarás en tu haiga, ¿verdad? A estas horas hay pocos taxis, y es peligroso andar por la calle.

El dentista, inquieto, consultó a Ana con la mirada. Ella le aconsejó:

—No te cuesta nada llevarles. Debe de haber poco tráfico.

Ana y Salinas se despidieron con dos besos, que no fueron sonoros esta vez. Pero se aproximaron lo suficiente para que ella aspirara el aroma tabacoso de la piel de Lic. Olor que quedó borrado por el abrazo de despedida de José Carlos Robles, quien solía ducharse primero con agua, y luego con desodorante.

El dentista les acompañó en su sedán americano, color canela. Dejó primero a Salinas. No quería quedarse a solas con él. Luego llevó al periodista hasta la estación de Atocha. Alex se apeó, despidiéndose con un: «Gracias, señor odontólogo. Que sueñes con los angelitos.»

Lic se metió en la cama y leyó con delectación unas páginas de Bryce Echenique. Aquella noche echó de menos el bramido del camión de la basura. Era ya muy tarde.

Por fin se durmió, murmurando el título del libro de cuentos, que cayó resbalando de las manos al suelo: «La felicidad ja, ja.»

Juan Puig entró en el añejo piso de la Plaza Mayor fumándose una faria. Le acompañaban su socio de Chamberí, un cincuentón cadaverizado de baja estatura y pinta de veedor que se llamaba Pepe Galiano, y Perico Carvajal.

Marisa les acogió con mirada de simpatía, que dedicó a Puig, primero, e hizo extensiva a los otros dos. Ella acostumbraba decir: «Dime con quién andas, y te diré quién eres.» Los acompañantes merecían, en principio, su plácet.

La secretaria tomó un sobre cerrado y se lo entregó al hombrón, sin dar la menor pista sobre su contenido. Él retrocedió hasta situarse en un rincón, y leyó el mensaje manuscrito por Lic.

«Sigue y controla, también, a Alberto Valle.»

A continuación, detallaba señas y número de teléfono, del domicilio y despacho. Firmaba «Salinas», con letra perfectamente legible y ascendente. La última ese terminaba en un trazo que caía en picado.

La mañana era fría y luminosa. Juan Puig había pilotado la moto, haciendo sólo un par de paradas desde que saliera de Barcelona, pasada ya la media noche. El inspector viajó con él, montado a grupas del caballo de acero. En cuanto llegaron a Madrid, pasaron por la oficinilla de la agencia de seguimiento. Se asearon, esperaron a Pepe Galiano, y luego se fueron a desayunar chocolate con porras al «Púlpito», muy cerca del despacho de Salinas.

Lic no les dio tiempo ni de arrellanarse siquiera en los sillones de cuero viejo de la recepción, y salió a su encuentro con un:

—¿Cómo os ha ido el *rally* de madrugada?

—Mal —rezongó Puig—. Aquí, el inspector, ha querido ir parando para hacer pipí. Quien con niños se acuesta...

Juan Puig dejó sobre el escritorio un paquete anónimo y precintado, envuelto en papel de estraza, que contenía las primeras grabaciones telefónicas. Y, aprovechando que el policía se había inclinado para coger un puro del humectador que le ofreció Salinas, guiñó un ojo al abogado, señalando con el pulgar hacia los dominios de Marisa.

El inspector prendió el pata de elefante, diciendo: «Vamos a echar una tabacá», y se repantigó en el sofá.

El abogado hizo un gesto de querer ir al grano, y Puig, apoyándose en un canto de la atestada librería, le consultó:

—Antes de ponerte al corriente de lo que me ha dicho el amigo..., con quien cenamos en la calle de las Tapias, quiero pedirte autorización para contarlo delante de Perico.

Dio por supuesto que el socio podía oírlo.

—Coño... —protestó Lic—. ¿Y me lo preguntas aquí, delante del propio interesado?

—Lo hago adrede, para comprometerte y obligarte a decir que sí.

—Lo has conseguido —afirmó con sorna—. ¿Crees que pienso ponerme de punta con la bofia?

—Estoy convencido de que Perico va a ayudarte, y el caso puede representar un buen empujón en su carrera, además. Ya le han dado el puesto de *líbero*, para que pueda moverse a sus anchas. —Terminó por exclamar—: El caso se las trae...

—Veo que ya has decidido por mí —le reprochó Salinas, exhalando con cachaza el humo de su cigarro, que se deshizo en volutas.

—Pues claro, hombre, pues claro. A ver si consigo que el pobre chaval llegue a vivir algún día la mitad de bien que tú.

—Bueno —admitió—. ¿Qué te ha dicho ese figurín?

—El nombre del amiguito de la paraguaya.

—¿Quién es?

—Uno de los peluqueros más finolis de Barcelona. Al parecer, la chica fue a cambiarse el peinado, y...

—¿Quién es? —insistió ahora el inspector, que seguía las palabras de Puig sin pestañear.

—Luciano Cappo.

—Vaya... Un doncoliche, que le debía de endiñar la bacalá a cambio de hacerle la permanente —aventuró Carvajal, tomando notas en una cuartilla que le tendió el abogado.

—Liberto dijo que les había visto juntos... —recordó Lic y, abriendo una carpeta, repasó las notas que resumían cuanto sacó en limpio de la cena con Liberto Sanchís—. Sí, lo anoté. Aquí está.

—Les vio cenando en uno de los mejores restaurantes de Barcelona. En el «Petit Paris» —precisó Juan Puig, con gesto guasón.

—Hay que interrogar al peluquero —se apresuró a proponer Perico Carvajal—. A ésos les va mucho el cuchimandeo, y puede que la paraguaya le hiciera alguna confidencia.

—Despacio —advirtió Salinas, y soltó un—: Ha llegado el momento de negociar.

El socio de Juan Puig, que permanecía silencioso, hundido en un sillón, abrió mucho los ojos casi sin pestañas, mostrando los dientes de estaño y las encías.

—Negociemos —admitió el inspector, acariciándose despacio la barba corta y rubia.

—No voy a pedirte más de lo que puedas darme. —Lic adelantó el maxilar inferior—. Pero tienes que conseguirme las declaraciones de los sospechosos. No voy a ir por ahí haciendo preguntas..., me da igual si antes o después que la Policía... Y no voy a hacerlo porque la gente está muy espabilada ya. A la primera pregunta te piden la papela..., y como sabes muy bien, cada día resulta más difícil conseguir credenciales para achantar al personal... Tengo otra razón: es vuestro trabajo, y no quiero interferir, ni dar la voz de alarma a ningún posible encartado.

—Dices que tengo que conseguirte las declaraciones de los sospechosos. ¿De qué sospechosos?

—Vamos, hombre: Del peluquero, la paraguaya, el facha ése, Héctor Villanosequé...

—Quizá pueda informarte..., y sólo de palabra, de las declaraciones que se vayan tomando a los sospechosos de Barcelona..., cuando se tomen. De momento, hemos llenado montañas de folios haciendo preguntas rutinarias a los hombres de negocios con los que se relacionaba Laguna. Al puterío del «Sam's Cabaret», al portero, camareros, hombre de los focos, encargada de los lavabos, y a todos los paraguayos que han ido cayendo en nuestras manos, fueran o no trigo limpio. —Carvajal se puso en pie y puntualizó—: Aún no hemos podido echar el guante a la paraguaya y, lo del peluquero ése, acabo de saberlo —dijo, mirando a Juan Puig con ojos de reproche—. A Héctor Villamediana no le hemos querido interrogar, todavía, para no alertarle. Le estamos siguiendo de cerca.

—Supongo que me detallarás las idas y venidas del pájaro.

—Lo único que vale la pena comentar, de momento, es que vive muy por encima de sus posibilidades. El negocio de la compraventa de coches usados no debe de darle ni p'a putas. A las que, por cierto, es muy aficionado.

—Si hace algo raro, o si decidís interrogarle, espero que me lo comuniques inmediatamente —advirtió Salinas, arrastrando las vocales de «inmediatamente»—. ¡Ah! Y de todas, todas, cuento con que me des la lista de las personas que ha visto últimamente.

El inspector se echó la trenka sobre los hombros, a modo de capote. Asintió con la cabeza, cuadrándose. Dio un sonoro taconazo, y exclamó:

—A sus órdenes, mi señor abogado. Tendrás noticia de todo lo que sea puramente criminal.

—¿Hay algo más?

—He hablado ya de cuanto me han autorizado a comunicarte.

«Aquí hay mucho tomate. Cuando nos vimos en Barcelona, no dijo nada de mantenerme a raya», pensó Lic.

Parecía que la reunión estaba a punto de tocar a su fin, y el abogado ya se disponía a acompañarles hasta la puerta, cuando Puig hizo, primero, una mueca casi imperceptible a su socio para, luego, decir:

—Tengo que hablar con Salinas de un asunto reservado. —Y dirigiéndose al policía y a Pepe Galiano, añadió—: Esperadme en el «Púlpito». No tardaré.

Perico Carvajal accedió de mala gana, marchándose con la mosca en la oreja.

En cuanto se quedaron solos, Juan Puig extrajo el sobre que le había entregado Marisa, del bolsillo interior de su gastada cazadora de cuero, y preguntó:

—¿Qué pasa con Valle?

—No me acabo de fiar de él.

—Controlarle significa más grabaciones telefónicas, y más horas de motorista. En resumen, más gastos.

—Ha surgido algo nuevo. —Lic dudó, por unos instantes, pero decidió informarle—. La viuda de Laguna es quien pagará las minutas, y no va a poner limitaciones de presupuesto. Valle hizo sólo de testaferro.

—Vaya, vaya —exclamó Puig, con curiosidad.

—Es una vieja historia. —Salinas no dijo más y, tras un embarazoso silencio, propuso—: Deberíamos interrumpir el seguimiento de la viuda de Laguna. Ahora, se ha convertido en cliente.

—Hagámoslo de otro modo: El control de tu nueva clienta será regalo de la casa, pero le facturaremos el resto a precio de tarifa. Sin ningún tipo de descuento, ni cambalache.

El hombrón pronunció «nueva clienta» con zumba.

—De acuerdo. —Lic, mirando por la ventana prosiguió—: Hay que tender una buena tela de araña para llegar hasta el fondo del caso. No quiero formarme ningún prejuicio sobre los posibles sospechosos hasta ver qué cae en ella. —Y prosiguió hablando para sí mismo—: No lo hago por Esperanza. No... Pero puede tener a su alrededor un peligro que ni ella misma sea capaz de percibir.

—Si quieres vendértelo así... —dijo el motorista, con una sonrisa ácida.

Ya había captado que la viuda de Laguna (o Esperanza, como la acababa de llamar Lic) no sólo era una clienta.

Juan Puig ya iba a marcharse. «Aquellos dos me deben de estar poniendo de vuelta y media, en el "Púlpito"», pensó. Pero se detuvo antes de llegar a la puerta del despacho y, en voz queda, comentó:

—Acordamos que, en la agencia, no íbamos a tragarnos todas las cintas. Es mucho trabajo. Lo que sí hacemos es oír un poco de ésta, y otro de aquélla —le señaló con la manaza, y prosiguió—: De momento, lo único que destaca es lo peligroso que parece ser el chuleta ese que va con Sergio Laguna a todas partes.

—¿Os habéis fijado en algo más?

—No. Aún es pronto, y sólo vamos picoteando. Llaman la atención las grabaciones del joven Laguna. Las otras parecen más aburridas.

—¿Qué tienen de especial las de Sergio Laguna?

—Al teléfono, habla dando voces, como si fuera un oficial en plena campaña. Parece que esté jugando a la guerra.

—¿Ha dado ya algo el seguimiento de los motoristas?

—Coño, Salinas. Acabamos de empezar —se quejó, para concluir—: Todavía no ha caído nadie en la tela de araña, porque la acabamos de tejer. Pero ya caerán, ya...

Aquella misma tarde, Salinas recibió una llamada telefónica desde la autopista. Juan Puig le hablaba, con voz raramente preocupada y amarga:

—Estamos en el puente de Lérida. Perico acaba de telefonear a Vía Layetana y...

El motorista se interrumpió, antes de dar la noticia.

—¿Qué pasa? Dime. ¿Qué pasa? —insistió el abogado, aprisionando con fuerza el auricular.

—El peluquero ha aparecido muerto.

—¿Cómo?

—Arma blanca... y por la espalda.

—¿Dónde?

—En su picadero.

Salinas deseó ir a Barcelona en cuanto Juan Puig le comunicó el asesinato del peluquero, pero se contuvo, pensando: «¿Qué coño puedo hacer allí? La Policía tomará declaración a todo el mundo. Trataré de mantenerme al corriente por teléfono. Veremos si Perico Carvajal colabora. Veremos...»

El abogado durmió mal, cosa rara en él, y se pasó la mañana siguiente telefoneando ora al inspector, ora al motorista, para informarse de cuanto se iba averiguando. Lic preguntaba: «¿Qué hay de nuevo?» Y se callaba, escuchando atentamente y tomando notas, a lápiz.

Llegó un momento en que el flujo de llamadas se invirtió, y eran ellos quienes telefoneaban para darle el parte de los más nimios hallazgos. «Ya les he comido el coco», se dijo Lic, sonriendo con mordacidad.

—Parece que la paraguaya se había ido a vivir al picadero de Luciano Cappo —empezó a contarle Puig, ya casi al filo del mediodía, con aire de guardarse información.

—¿Cómo lo sabes? —preguntó Salinas, mientras anotaba en una columna que tituló «paraguaya»: «Vivía en picadero de Luciano.»

—El nidito está en la Ronda del General Mitre, en un edificio muy grande de apartamentos. No hay portero, pero una vecina inglesa ha dado la descripción de la chica a la Policía.

—¿Y si se tratara de otra morena?

—No, no... La paraguaya llevaba un anillo con forma de alacrán, y una esmeralda en el aguijón. La británica se fijó en él, un par de veces, al coincidir en el portal para dejar la bolsa de la basura.

—¿Y qué? —insistió Salinas, sospechando que aún le faltaba por oír la traca final.

—Una manicura de Cappo, que por cierto está como quiere...

—Ya.

—Solía hacerle las manos, y le llamó la atención el anillo. —Puig sufrió un acceso de tos tabacosa, y prosiguió—: No hay duda. Es lógico que la chica se acuerde de un dedo con un escorpión.

—Sí.

—Y además, escúchame bien. —El motorista hizo un breve silencio, disfrutando el momento—: La paraguaya le dijo un par de veces, que el anillo se lo había regalado un señor de Madrid.

—¡Coño! Podías haber empezado por ahí —se quejó el abogado poniéndose en pie, sin soltar el auricular.

—Lo bueno, siempre para el final.

—Hay que ir a ver, en seguida, a los joyeros de Madrid y Barcelona.

Salinas no pensó, ni por un momento, hacer personalmente el trabajo. El motorista, que le conocía, dijo.

—Perico Carvajal lo montará, y te lo hará la bofia.

—¿Se está portando bien?

—Tienes que fiarte del malagueño. Es un tipo legal... y nos está informando, hora a hora, de lo que hacen. ¿Satisfecho?

—Cuando me pase las declaraciones, que ha ido tomando, empezaré a estarlo —repuso Lic, sonriendo de oreja a oreja.

—Vía Layetana da mucha importancia al caso. Ha aumentado el número de inspectores y, ahora, García Gómez anda también metido en el berenjenal. —Puig se rió con carcajada cazallosa y entrecortada, para terminar por decir jijeando—: Él es quien ha destapado lo del anillo.

Hablando por teléfono, Juan Puig tenía los dos extremos. Si se refería a asuntos que ya eran conocidos por la Policía, se explayaba sin mantener la menor reserva. «Los que pueden pincharme el teléfono, ya deben de saberlo», solía decir. En cambio, si se veía obligado a referirse al menor detalle que no fuese conocido por lo que solía llamar «la bofia», era parco en palabras y, lo poco que decía, lo comunicaba en un lenguaje críptico, muy suyo.

Marisa trabajaba al límite de sus posibilidades. Escuchaba las grabaciones efectuadas por Puig a través de dos auriculares, que le daban un extraño aspecto, mitad a lo discjockey, mitad empleada de la Telefónica. Atendía el teléfono, pendiente de la luz verde, que sustituía al ring... Y, aquella mañana, la línea parecía enfebrecida. Ordenaba un legajo de documentos en distintas carpetas. Y acudía al despacho de Salinas cada vez que se encendía el piloto rojo del interfono, lo que ocurrió un sinfín de veces: Que si café, que si qué dicen las grabaciones, que si oye algo importante dígamelo en seguida.

La secretaria empezó por las escuchas de las llamadas de Sergio Laguna. Simpatizó pronto con su voz, y me temo que con más cosas:

—Es un buen chico. Se lo digo yo —afirmó Marisa, antes de ponerse a leer unas notas que ya había tomado a taquigrafía—. En esta conversación dice al oficial de la notaría que su madrasta —pronunció «madrasta» como si nombrara al Maligno— se dedicó a trabajarse al marido para que la nombrara heredera de todo. ¿Le parece bonito?

—De casi todo —puntualizó Salinas, escuchándola con sonrisa de conejo. «Vaya. Ya se le ha atravesado Esperanza», se dijo.

Las palabras que acababa de escuchar le trajeron a la mente la imagen de Paloma. Una de esas mujeres posjóvenes, que siguen actuando con la naturalidad de los veinte. Quizá su puesto de confianza en la notaría Mora, le había dado la despreocupación por el dinero, que hace que sólo envejezca el cuerpo, y despacio.

La telefoneó, y ella le saludó con quejas cariñosas:

—No sé si reñirte por no acordarte de nosotros, o por no traer escrituras a la notaría.

—Hago pocas escrituras.

—Ya, ya. Que te conozco...

—En serio. Procuro trabajar el mínimo.

—Y cobrar el máximo —exclamó Paloma, con simpatía, por Salinas y por su concepto de la vida.

—Menos que vosotros, que cobráis un montón por echar sólo la firmita.

—Nuestras rúbricas son obras de arte. ¿No te has fijado en cómo las trabaja mi notario? Si hasta las termina en una cruz, y todo.

—Bueno.

La chica conocía el «bueno» de Salinas. Sabía que era la muletilla que precedía al entrar en materia.

—Quería pedirte un favor.

Lic empezó por ahí. La fórmula acostumbraba darle buenos resultados.

—Dime.

—Sé que estáis llevando lo del testamento de Rodolfo Laguna...

Paloma permaneció callada en un silencio expectante. El abogado prosiguió:

—Me interesaría hablar con Sergio, en buenas condiciones. Si voy de parte de Esperanza, o del despacho del padre...

—El oficial de la notaría le conoce de antiguo. Ya se ocupó de la herencia de su madre. Puedo proponerle que le aconseje llamarte.

—Te lo agradecería mucho.

—¿Asesoras a la viuda? —preguntó Paloma, con cierta preocupación.

—Sí. Pero sólo me ocupo del asesinato de Rodolfo Laguna. No de la testamentería.

—Te conozco. Y lo haré. Sé que no vas a hacerle ninguna cochinada al pobre chico. Su padre le ha dejado prácticamente con la legítima.

—Paloma: sólo quiero preguntarle si tiene algún indicio sobre el crimen.

—Te creo.

La luz verde del teléfono de Marisa centelleó por enésima vez, cuando Salinas se iba ya a almorzar. «Carvajal». Anunció la secretaria, y Lic regresó a su escritorio. El inspector saludó de nuevo con un:

—Menuda jangá le han hecho al peluquero. —Y afirmó comiéndose las palabras—: Ya te habrá contado Puig lo del alacrán. García Gómez será más cumplío que un luto, pero buen ojo no le falta.

El abogado dijo que sí emitiendo un gruñido. Se había pasado la mañana escuchando lo que ocurría en Barcelona por duplicado. Primero la versión del motorista, luego la del policía, o viceversa. El inspector, tras carraspear, prosiguió:

—Pronto sabremos dónde lo compraron. Los secretas ya van deslocaos por todas las joyerías. Aunque no soy optimista. No... Pudo venirle de nación al señor ese de Madrid, o ser género mangao. Y échalo a caío.

—Veremos.

—Maestro, ¿has averiguado tú algo, por los Madriles?

—No soy tan rápido como vosotros —se defendió Lic, para ir a otra cosa—: ¿Cuándo me vas a explicar, de palabra, lo que habéis ido sacando de las interviús?

Salinas puso el acento en el «de palabra».

—Tengo que decirte una diciura: creo que voy a recibir autorización para pasarte las fotocopias de algunas declaraciones.

El policía no detalló cuáles, ni el criterio discriminatorio.

—Me las quieres pasar en bruto, para ahorrarte el trabajo de resumirlas, ¿verdad? —comentó el abogado, con su tono sarcástico, disimulando cuánto se alegraba.

—A ver si consigo hacerte apencar, que este caso me está dejando echaíllo a perder... Es un lío más grande que las Hoya de Málaga.

Marisa estuvo tratando de localizar a Alberto Valle durante toda la mañana. Pero, en el despacho de la calle Velázquez, una voz entubada fue alternando el «está reunido», con el «acaba de salir». Salinas pasó, otra vez, por delante de la mesa de su secretaria. Y ella, desconectándose de las grabaciones, le advirtió.

—Valle no quiere ponerse al teléfono. Me ha estado dando el esquinazo toda la mañana.

El abogado volvió a aplazar el irse a comer y marcó, él mismo, el número de la oficina de Valle, en el aparato de Marisa.

—¿El señor Valle, por favor? —preguntó con sequedad y una pizca de mal humor.

—No está.

—¿Cuándo regresará?

—No lo sé. Se ha marchado a Barcelona.

Sergio Laguna se presentó en la oficina del abogado aquella misma tarde, sin pedir cita, sonriendo con mirada de ido, y diciendo.

—El señor Salinas ya sabe de qué va, y quién soy. Vengo de parte de la notaría Mora.

Marisa le observó de arriba abajo, aliviando las comisuras de los labios, y musitó:

—Voy a ver.

La secretaria dejó los auriculares encima de su mesa. «Pueden pasar por los de un dictáfono un poco estrafalario», se dijo. Y, casi de puntillas, entró en el despacho del abogado, colándose de rondón. Sergio se repantigó en uno de los sillones estirando las piernas, que eran tan largas y secas que parecían de alambre, y mirándose las puntas de sus lustrosos y británicos mocasines.

El hijo de Rodolfo Laguna tenía una de esas guapuras inquietantes, y andaba ya cerca de los treinta. Aunque aparentara estar estudiando aún, había dejado la Universidad años atrás, al no pasar el selectivo de Ingenieros Agrónomos. Vestía pantalón de pana color avellana y jersey de Shetland. Era de cabello oscuro, y lo llevaba muy corto, peinado con raya.

Marisa regresó a la recepción, anunciando:

—El señor Salinas le recibirá en seguida. Si quiere leer el periódico...

Y le tendió el ejemplar de *El Observador*, que tenía junto a la máquina de escribir.

Sergio miró el diario con desprecio, y lo rechazó.

—No me interesa —dijo apostillando en voz baja—: Mentiras. Todo mentiras.

La secretaria hizo como si no lo oyera, y volvió a la escucha de la cinta, que reproducía precisamente la voz del saco de huesos que tenía sentado delante.

A los cinco minutos apareció el abogado en mangas de camisa, y le hizo pasar:

—Te agradezco que hayas venido.

—Me lo han pedido en la notaría —respondió Sergio, sin decir quién le había dado el recado.

Lic le observó con curiosidad, pensando: «Tiene pinta de idealista y ojos de descentrado.» Le instaló en el mejor sillón, que era de orejas y más amplio que los demás y, sentándose en frente, anunció:

—Estoy tratando de descubrir por qué mataron a tu padre.

—¿Quién se lo ha encargado? —preguntó, sin aceptar el tuteo.

—Alberto Valle.

Al abogado le escoció decir aquella verdad a medias.

—Es un poco bobo, y parece leal. Ahora le nombrarán consejero hereditario —opinó el hijo de Rodolfo.

—¿Sospechas de alguien?

Lic fue al asunto, insistiendo en llamarle de tú.

—Todo lo malo nos ha venido siempre de la mujer que vivía con mi padre. Él, que era tan listo, nunca se dio cuenta de que se casó con su dinero.

Así solía referirse a Esperanza. No llegó a aceptarla jamás.

—Estamos hablando de un asesinato. No de riñas de familia.

—¿Sabe cuántos millones va a heredar esa mujer? —preguntó con voz ahogada por la ira.

—Supongo que muchos.

—Muchos. Y más para ella que era una muerta de hambre, hija de... un piernas, sin oficio ni beneficio, que estaba destinado de plumífero en el puerto de Tarragona.

Escupió ese pedazo de su versión de la historia de Esperanza con saña y hablar trompicado.

Salinas le escuchaba absorto en la narración. Sergio prosiguió, lamentándose:

—Y ahora, la tía hará de señora Laguna, y el piojo de su hermano lo mangoneará todo.

—Puede haber otra explicación del asesinato —dijo Salinas, y pensando en el acuchillamiento del peluquero añadió—: Hay que tener cierta organización para hacer lo que hicieron.

El hijo de Laguna prendió uno de sus «Celtas» cortos, sin invitar. Lo golpeó sobre la esfera del reloj, que llevaba una pequeña pegatina de la bandera española adherida a la correa, y dijo, rascándose el labio inferior con la uña:

—Antes, mi padre sólo se rodeaba de verdaderos patriotas. Pero últimamente aceptaba mezclarse con mamones.

—¿Sospechas de alguien?

—Estoy hablando con usted sólo porque me fío de Rogelio Chamorro, oficial de la notaría Mora, y amigo de toda la vida —manifestó, como haciendo una declaración de principios. Luego contestó—: He oído que mi padre andaba con un grupo de chupópteros, de esos que se llenan la boca de patria para amarrar mejor los negocios...

—¿Y bien?

—De este tipo de personajillos puede esperarse todo.

—¿A quiénes te refieres? —insistió el abogado, mientras miraba la hora.

Estaba citado en el Barrio de Salamanca, y se le hacía tarde.

—No sé. Sólo he oído rumores. Hace tiempo que no voy por casa, y a mi padre le veía muy de tarde en tarde.

El hijo de Laguna cabeceó, dudando por unos instantes, para terminar por darle media docena de nombres, con dos puntos de coincidencia: eran financieros biempudientes y sufrían una clara propensión al golpismo.

Lic se levantó y tomó una cuartilla del legajo de documentos que se referían al caso. En ella había anotado, de su puño y letra, la lista de los nombres que se repetían en la agenda de Rodolfo Laguna. Cinco de los ocho coincidían con la relación que acababa de oír.

Salinas, mostrándole el papel, aseguró:

—Voy a llegar hasta el fondo.

Los ojos de Sergio se nublaron por un momento, pero recuperó el aplomo y, tuteándole, ofreció:

—Cuenta conmigo.

—Reflexiona sobre cuanto te he preguntado. Si te acuerdas de algo nuevo...

El abogado prefirió dejar las cosas como estaban, y no sacar a relucir a Félix Puerta, el lugarteniente que solía acompañarle en sus correrías ultra. «Le hablaré otro día del amigote ese», se dijo.

—Cuenta conmigo. Con mi dinero, que ahora es mucho. Y con mi arma, también —pronunció en un tono casi castrense.

Bajaron juntos a la Plaza. Sergio le propuso acompañarle en su coche, y Lic aceptó. Cruzaron la calle Mayor. El «Morgan» estaba descapotado y mal estacionado, en medio de un paso de peatones. Ya tenía la multa, prendida en el limpiaparabrisas. El hijo de Laguna tomó la hojilla, y con ademán obsceno e histriónico exclamó, dirigiéndose a los viandantes que pasaban por allí:

—Ya veis por dónde me la paso. Por el culo. Yo no pago para sueldos de choricillos.

En cuanto puso en marcha el dos plazas color de melocotón, inició una especie de carrera urbana, acelerando como un loco cada vez que se lo permitía el tráfico, para hundir, hasta el fondo, el pedal del freno unos metros más allá. Lic iba maldiciendo por los bajines, entre vaharadas de gases de tubo de escape, con la cara enrojecida por el aire frío y cortante.

Salinas se apeó en la calle Jorge Juan, en frente del restaurante «Alkalde». Sergio le despidió agitando la mano y haciendo arrancar estruendosamente el roadster, con una mirada extraviada.

El hermano de Esperanza recibió amablemente a Lic en su oficina de la calle Goya. Carlos Montero había decorado con buena mano la pequeña superficie del oscuro entresuelo, logrando darle un aire entre correcto y acogedor. Para conseguir tan satisfactorio resultado, combinó estanterías y mesas lacadas de blanco con sillones de metacrilato y cuero, lámparas de metal dorado de líneas rectas, y la espesa y blanda molicie de la moqueta de lana color pajizo.

Allí trabajaba sólo él y una licenciada en informática muy pizpireta, instalada en la primera de las dos habitaciones en que se dividía el piso. La morenaza se sentaba detrás de una mesa, presidida por la pantalla del ordenador, y se pasaba las horas tecleando, mitad por obligación mitad por jugar con el invento.

Tan pronto Lic pasó al despacho noble y se sentó en uno de aquellos sillones transparentes, que daban la sensación de estar flotando en el vacío, Carlos Montero le propuso beber algo. Abrió la única puerta que había conservado tal cual, y apareció ante ellos una honda alacena con un pequeño refrigerador en los bajos, y tres anaqueles llenos de bebidas espirituosas.

—Es mi rebotica. —Sonrió ampliamente, y consultando su extraplano de oro, añadió—: Las siete de la tarde. Empieza a ser hora de que nos preparemos una buena copa.

Los dos bebieron gintónic. Y Carlos empezó a decir, apoyando su mocasín granatoso en el canto de la mesilla baja:

—No nos conocemos personalmente, pero mi hermana me ha hablado mucho de ti.

No especificó si con motivo de los últimos acontecimientos, o si se refería al pasado.

Salinas no dijo nada, observándole con detenimiento. No se parecía a Esperanza. No es que fuera grueso. No. Aunque sí muy robusto. Tenía una de esas complexiones que abundan entre los jugadores de rugby, y sólo el color claro del cabello recordaba al de su hermana.

Carlos Montero miró con fijeza a Lic, y prosiguió:

—Me alegro de que podamos colaborar. Esperanza está destrozada, y quiero... —pronunció el «quiero» imperativamente— que la investigación se lleve de forma discreta. No estoy dispuesto a que mi hermana se convierta en protagonista constante de la crónica negra, en los periódicos.

Salinas hizo un gesto de asentimiento, y Montero continuó:

—La idea de contratarte fue de Esperanza. Yo estaba de viaje cuando lo hablaron con Valle, y ya me lo encontré hecho. Supongo que ella lo hizo para evitar mi negativa. Dice que soy de piñón fijo, y que tengo el vicio de predicar el no... —Frunciendo el ceño, precisó—: Bien pensado, tuvo un acierto. Aunque estas cosas hay que mantenerlas entre el mínimo número de personas.

—¿Cuál crees tú que pudo ser el motivo del asesinato? —soltó Salinas en voz queda, juntando las manos bajo la barbilla.

—Me lo pregunto, y me lo pregunto. Y no acierto a...

—¿Tienes alguna sospecha?

—Sólo llevo los asuntos que se relacionan con el extranjero. Estoy mucho tiempo de viaje, y desconozco un montón de cosas. Pero...

—Pero, ¿qué?

—Es difícil de decir —empezó, elevando la parte inicial de las cejas.

—Te escucho —insistió Salinas permaneciendo callado, con aire de aguardar respuesta.

Un silencio largo hizo patente el sordo fluir del aire acondicionado. El hermano de Esperanza, por fin, explicó:

—Rodolfo estaba chapado a la antigua. Quería mucho a su

mujer. Pero una cosa era su casa, y otra muy distinta las juergas. En Barcelona solía desmadrarse —apostilló con reprobación.

—¿Tenía algún lío fijo? —preguntó Lic con toda la crudeza, mientras se incorporaba cuanto le permitía el hundido asiento.

—Nada de eso. Rodolfo era hombre de pagar, y si te he visto no me acuerdo.

—Es poco probable que se tratara de un crimen pasional. —Salinas prendió uno de sus cigarros cortados, y concluyó—: Además, el modo de hacerlo... Parece demasiado elaborado.

—Si no admitimos esa hipótesis, debemos pensar en el dinero.

—¿Quién movía el dinero negro?

Salinas dio por supuesto que lo había y que conocía el asunto.

—Voy a contestar a la pregunta. Aunque se las trae... —Carlos torció los labios, en gesto dubitativo. Se pasó la mano por la mejilla, y detalló—: Rodolfo llevaba él mismo las negociaciones para sacar dinero del país. Y también los chanchullos destinados a simular que los precios de las exportaciones de confección eran más bajos que los reales. Yo ejecutaba, luego, las operaciones. Muchas de ellas desde Barcelona. La fábrica textil está en Sabadell.

«O sea, que si algo hubiese salido mal, todas las bofetadas hubieran ido contra tus sanotes carrillos. Vaya angelito estaba hecho Rodolfo Laguna...» se dijo Lic, chascando la lengua y moviendo la cabeza.

—¿Quién se encargaba de los caudales atípicos, que tenía dentro del país?

Pronunció el eufemismo «caudales atípicos» con sorna.

—La cosa funcionaba de forma parecida —repuso, sin pensar—. El propio Rodolfo tomaba las decisiones, y Valle las ejecutaba.

—¿Valle?

Lic exageró los ojos de sorpresa, aunque no le extrañara lo que acababa de oír.

—Claro. Era su brazo derecho, en Madrid. Aunque...

Salinas, con la mirada, le animó a continuar.

—Ya sé, por Esperanza, que Valle y tú os conocéis desde

hace tiempo. Mi hermana lo citó, al anunciarme que vendrías a verme. Pero... No sé. Alberto tiene un modo de llevar los asuntos... Entre él y el contable de manguitos, a veces parece que no se aclaren con las cifras. —Señalando hacia la recepción, dijo—: Con lo fácil que resulta meterlo todo dentro del ordenador, y dejar que la máquina haga el trabajo. Si quiero, puedo obtener el balance a diario... Y Valle se ha encontrado con un descuadre de más de quinientos millones, que no sabe cómo justificar.

Carlos Montero se pasó ambas manos por el cabello, muy lacio y peinado con displicencia hacia atrás, para exclamar:

—Supongo que no se le habrá ocurrido meter la mano en la caja. Resulta tan fácil, tocando dinero negro... —Se interrumpió, como si se arrepintiera de lo que acababa de decir, y poniéndose en pie y hundiendo las manos en los bolsillos del pantalón de su traje de cheviot, exclamó—: Es lo que le faltaría a la pobre Esperanza.

—¿Cómo se encuentra?

Lic se interesó, de veras, por ella.

—Mal —afirmó mirándose los sólidos dedos, para agregar—: Encima de lo que le ha pasado, ha tenido que soportar que el loco de Sergio se fuera a ver al notario, chillándole que Esperanza le había robado la herencia de su padre. Y para postres, lo del agujero en las cuentas de Valle.

—¿Qué opinas de los amigos de Sergio?

Viendo por dónde iba la pregunta, Carlos dijo, en tono tajante:

—Son unos ultras, y juegan al golpismo. Pero tienen su ética, que no comparto, por supuesto. No. No les creo capaces... Sergio, aunque sea un coñazo de tío, quería mucho a su padre, y los que le rodean no se hubiesen atrevido a... —Terminó por negar con el índice—. No va por ahí la explicación del asesinato.

—Volvamos a los negocios. —Salinas cambió el rumbo de las preguntas—. ¿Tenía algún enemigo Rodolfo?

—¡Qué va! Su máxima era: «Vive y deja vivir.» Sólo quería meterse en operaciones en las que ganara todo el mundo. «Si no moja todo quisque, al final no hay tajada para nadie», solía decir. —Puso la vista en los cráteres del aire acondicionado, y confesó—: Aunque últimamente, los que más le trataban andan algo quemados con lo ocurrido. A mí me consideran un mindundi, y no me dicen nada. Pero a Esperanza la llevan por la calle de la amargura.

—¿Quién podía beneficiarse con su desaparición?

—Aparte de los herederos, nadie. Acostumbraba llevar, él mismo, la batuta de los asuntos más rentables. Sus socios pronto van a ver reducidas las ganancias, tras su muerte. Era de los que basaba los tratos en la relación personal. En fiarse, o no fiarse, por intuición. Acertaba casi siempre.

—Y nunca se mojaba el culo. Para eso os tenía a Valle... y a ti —puntualizó Salinas, tras ponerse también de pie, harto ya del incómodo asiento de apariencia galáctica.

—Se lo montaba muy bien. Sí, señor —afirmó Carlos Montero, mientras se dirigía a la alacena para preparar nuevos gintónics.

Al poco rato apareció Esperanza. Dejó el abrigo oscuro, de mezclilla, en la recepción, y se dirigió al despacho de su hermano, quien salió a su encuentro y la besó en ambas mejillas. Lic hizo lo mismo.

—Estábamos acabando, ya —dijo Carlos, acercándole uno de los sillones.

—Terminad, terminad tranquilos. No tengo prisa.

Ella se sentó con lasitud y echó el tronco hacia atrás, disponiéndose a escuchar.

—Hablábamos de los socios —la informó su hermano—. Y de la buena relación que Rodolfo mantenía con ellos.

Esperanza, adelantando la cabeza, habló apesadumbrada:

—La Policía ha estado interrogando a los de la fábrica de confección y, también, a otros socios de Madrid. Me han ido llamando... Casi todos lo han hecho con educación, pero he advertido que no les había hecho gracia tener que responder a según qué preguntas. —Miró a Salinas, con ojos tristes y cansados y le rogó—: Si piensas reunirte con alguna de nuestras relaciones comerciales —no dijo amigos, ni socios, ni conocidos—, utiliza guante de terciopelo. Están de uñas, después de verse obligados a prestar declaración.

«Perico Carvajal acabará por pasarme toda esa información», pensó Lic, con la mirada perdida en su rostro, melifluo todavía. Y la tranquilizó diciendo:

—No temas. Esperanza. Usaré otros métodos.

Goldman acababa de llegar a Moscú, y su traductora telefoneó al «Hotel Sovetskaya», desde el mismo aeropuerto, para dejar una nota destinada a James Davidson: «Llegaré a las ocho.»

El *yuppie* había terminado, al filo de las siete, la sesión de tarde del Congreso de Exportadores de Productos Alimenticios (C.E.P.A), que se desarrollaba en los salones del hotel.

Davidson se alojaba en la habitación 314 y, al llegar a la recepción del tercer piso, la encargada de la planta le dio el mensaje enrollado alrededor del llavero negro, en forma de pirámide. La mujer lo había escrito con caracteres cirílicos y, aunque trató de explicarse por señas, no lo consiguió.

James regresó a la recepción a toda prisa, descendiendo de dos en dos los peldaños de la escalera de paredes de mármol, con el papel en la mano. Y alcanzó a su traductor cuando ya se disponía a marcharse, aprovechando una plaza libre en el «Volga» gris de uno de los participantes, que se alojaba en otro hotel más céntrico: el «Rossíya», junto a la Plaza Roja.

El *yuppie* decidió emplear el tiempo que aún le quedaba hasta la llegada de Goldman en darse un buen baño. Subió en ascensor. Cruzó un vestíbulo iluminado con arañas de lágrimas de cristal, y avanzó por el corredor de suelo de madera hasta alcanzar la sólida manija, de metal dorado, de su puerta. Telefoneó al servicio de habitaciones pidiendo caviar rojo y brut. Abrió al máximo los grifos y, en cuanto le sirvieron el piscolabis, se sumergió en la tibieza de la bañera, apoyando copa y platillo en el borde.

A las ocho en punto, el *yuppie* ya estaba midiendo con sus pasos la longitud de la planta baja. Paseaba hasta el confín en que se encontraba el restaurante. Invertía el sentido de la marcha y desandaba lo andado yendo más allá de las tiendas de souvenirs.

Se detuvo un par de veces en el punto medio de su trayectoria, para empujar la pesada puerta exterior y salir a una neblina movediza, helada y volátil. Observaba hacia uno y otro lado de la calle y muy pronto volvía a meterse dentro de la atmósfera caldeada de aquel palacio de fachadas ocres, construido poco antes de la revolución del diecisiete, con idea de dar marco lujoso y discreto a la crème de la crème moscovita, para organizar sus orgías. Festines que solían alcanzar el culmen con el rito de bañarse en champán. El «Sovetskaya» se alza en lo que entonces eran afueras de la ciudad, y son ahora los aledaños del estado del «Dínamo».

Goldman apareció con veinte minutos de retraso, saludando con un: «No está mal el hotel; aquí solía alojarse Nelson Rockefeller.» El neoyorquino dejó que la traductora cumplimentara sus trámites burocráticos en la recepción. Subió a dejar las dos bolsas de viaje, y al cuarto de hora descendía trotando por la escalera, que recordaba la tan historiada del Hermitage.

El americano también había ido a Moscú para participar en el acto, aunque sólo pensaba asistir a las dos últimas jornadas. Le interesaba más encontrarse con ciertos congresistas que escuchar las conferencias programadas. Goldman solía decir: «Estoy dispuesto a viajar hasta el otro lado del mundo por charlar relajadamente con uno solo de los hombres clave, de cualquier mercado clave.» El alimentario, evidentemente, lo era.

Tras esperar que la traductora les confirmara que tenían mesa reservada, se fueron a cenar al «Hotel Intourist». Un chófer fornido les condujo a través del anochecer invernizo, en un «Chaika» acharolado, para terminar por enfilar la calle Gorki. Pasaron frente al monumento a Pushkin y, minutos más tarde, les dejó ante la misma entrada del edificio de veinte plantas. Se dirigieron al restaurante de la primera.

Empezaron por pedir un matracillo de vodka, y ya con la bebida a mano y el calorcillo gollete abajo, estudiaron la carta con calma.

Goldman prefirió esperar a encontrarse bien entrado en el segundo plato, para decir:

—Hay noticias sobre tu proyecto vacuna. Lambeth me ha acompañado, esta mañana, al «Aeropuerto Charles de Gaulle», y me ha dado un mensaje para ti.

James le miraba con ansiedad, abriendo mucho los ojos. El americano continuó:

—Al parecer, las cosas están ocurriendo como las planeaste. No está mal, para haber sido proyectadas por un *yuppie*...

Goldman hizo una pausa, sonriendo con regocijo, mientras movía la cabeza al compás de la música de la vieja canción que tocaba una orquestina folklórica.

Davidson, sin probar bocado, daba vueltas al guiso de setas que contenía su terrinita de cobre. Pero estaba sólo pendiente de lo que iba a comunicarle su compañero de mesa.

Salinas se marchó del despacho de Montero con prisa por llamar al suyo. Llevaba encima un pequeño artilugio que le permitía escuchar su contestador automático desde cualquier teléfono. Se metió en la primera cabina callejera que encontró. Y, cosa rara, funcionaba. Quería verificar si Marisa había podido confirmarle una cita para la cena de aquella misma noche.

Al primer ring respondió la voz madura de la secretaria. En vivo, y no registrada en cassette, como Lic esperaba.

—¿Ha podido hablar con la oficina de Sebastián Arias?

—Ya tiene la mesa reservada.

Marisa no detalló el restaurante. El abogado le había pedido que sugiriese el «Saint James», que no quedaba lejos del despacho del hermano de Esperanza.

—¿Dónde?

—En «Sacha». A las diez y media. —Al ver que Salinas permanecía callado, ella aclaró—: He pensado que le gustaría coincidir con un señor que, al parecer, se había ido de viaje a Barcelona.

—Maravillas del Puente Aéreo —exclamó Lic, con poca convicción, mientras torcía la boca pensando en Valle.

—O pobreza en el repertorio de excusas. Yo las invento

más originales, y más difíciles de cazar.

—No le pregunto cómo lo ha averiguado... —dijo Salinas, suponiendo que la información procedía de las cintas de la agencia de Juan Puig.

—Acierta —afirmó ella, sonriendo con satisfacción.

A las diez y cuarto, el abogado hacía su entrada en el restaurante que, por cierto, era uno de sus predilectos. En un rincón estaban sentados, de cara a la puerta, Sergio Laguna y su apoderado. Y de espaldas, Alberto Valle. «De película», pensó Lic.

Sergio le vio en seguida. Se levantó, y con aire cariacontecido fue a su encuentro para estrecharle la mano. Salinas, en tono guasón, dijo:

—Pasaba por aquí...

—Y te topas con el pleno.

El hijo de Laguna le siguió la broma, señalándole su mesa.

Valle se volvió y, en un si es no es, se le demudó el rostro. Lic avanzó para darle una palmada, mientras le preguntaba:

—¿Qué les das a los de «Iberia»?

—No paro. Últimamente, no paró —balbució sin ponerse en pie, mientras la piel de las mejillas se le iba acartonando y los ojos permanecían fijos en un punto imaginario de la frente de Salinas.

—Vaya una suerte la mía. —El abogado prosiguió, con sorna—: Ir a cenar, y encontrarme con la persona más cara de ver de todo Madrid. ¿Cuándo me podrás conceder audiencia?

—En cuanto tenga un hueco, te llamaré —repuso a media voz con ojos huidizos.

Sergio, apoyando la mano sobre el hombro de Félix Puerta, interrumpió aquel acoso y derribo, para presentarle a su escudero.

—Félix: mi apoderado.

Puerta tampoco se levantó, y se limitó a dirigirle un leve movimiento de cabeza y una mirada esquinada.

Salinas, poniendo cara de palo, se preguntó: «Para qué se habrá reunido Sergio con el secretario de su padre... y con su epígono?»

El hijo de Laguna volvió a sentarse en su silla, diciéndole

adiós. Tan pronto Salinas se dio media vuelta, Sergio elevó el tono y, con intención de que le oyera Lic, advirtió a sus compañeros:

—Cuidado con esa tía...

La boca se le contrajo en una mueca asimétrica al pronunciar «tía». Esperanza era su idea fija.

El abogado se instaló en la mesa que tenía reservada y pidió un gintónic. Consultó su «Longines» de cifras romanas, y se dijo: «Arias debe de estar ya al caer.»

Cuando Marisa le anunció el restaurante y el plan, estuvo tentado de cambiar la cita. Sebastián Arias llevaba años en una firma auditora, y era probable que Valle le conociera. Pero aceptó en seguida la idea, pensando: «Mejor. Así le pondré el cohete en el culo a ese pedazo de cabrón... de Valle.»

Lic se colocó en el asiento del ángulo. Desde aquel punto de observación, veía muy bien al lugarteniente de Sergio, que estaba parloteando con las manos. Era hombre cejijunto y cúbico, de sólida quijada y cabello cortado a lo cepillo.

Aunque sólo captara algunas palabras sueltas, fue siguiendo los gestos de los tres, mientras se bebía el aperitivo. Sergio exponía sus razones mirando como un extraviado. Félix Puerta las apoyaba, asintiendo con la cabezota, dijera lo que dijera, y Valle se iba encogiendo de hombros, respondiendo con objeciones no formuladas y evasivas.

El vozarrón achulado del adlátere de Sergio tronó en un par de ocasiones con un: «Sí o no.» Salinas sólo podía ver la espalda de Alberto Valle, e imaginarle las caras. «Valle, se te va a indigestar la cena», pensó.

El olorcillo de los platos que desfilaban ante el abogado, le hicieron desinteresarse de cuanto pudiera ocurrir en la otra mesa, y los ojos se le fueron detrás de las bandejas con merluzas de la casa, o sopas Finisterre. La atmósfera estaba caldeada, y olía a hierbas de Provenza. El gris que soplaba en la noche hacía más acogedor aún el pequeño salón afrancesado, de manteles de puntilla.

El auditor entró en el restaurante, andando con paso rápido y adelantando la cabeza, como si quisiese llegar antes hasta el rincón de Salinas. Sebastián Arias era de su misma quinta, aunque aparentara tener quince años más. Quizá los cristales de culo de vaso de sus lentes contribuyeran a echarle años encima. O quizá fuera el gesto pusilánime.

Lic le acogió con una sonrisa, y un: «Hola, Sebastián.» El auditor se quejó del tráfico.

Empezaron por criticar al gobierno. Arias repetía, al final de sus juicios: «No tienen ni idea», como si rezara una jaculatoria.

El ejercicio de la crítica de restaurante les sentó bien, y se aplicaron al buen yantar: Lic se inclinó por la merluza *maison*, que ya había paladeado in mente mientras esperaba a Arias. El auditor por una chuleta *pocohecha*. A media función, Salinas señaló con descaro la mesa de Valle, y bajando la voz:

—¿Conoces a Alberto Valle?

—Sé que era el secretario del pobre Laguna, pero no le conozco personalmente —respondió con voz nasal, fijando la mirada en el cogote del economista.

—¿Qué relación tienes con el Banco Monetario? —preguntó Lic, sin revelarle todavía el trabajo que le pensaba encomendar

—Buena. Es un antiguo cliente nuestro.

Arias ya se lo había comentado en un par de ocasiones. Y el abogado se felicitó de que las cosas siguieran igual. Era, precisamente, el elemento que le interesaba. «En mi masía, Valle mencionó ese Banco al referirse a las operaciones atípicas del muerto», recordó, antes de pedirle:

—Necesito saber qué relación ha tenido Valle con el Monetario en los últimos seis meses.

Sebastián Arias terminó de masticar el bocado de carne roja, y repuso:

—¿Te refieres a Valle como persona, o dando la cara por Laguna?

—A las dos cosas.

El auditor bebió un par de sorbos del excelente rioja de la casa, e indagó:

—¿Estás pensando en chanchullos de dinero negro?

—Puede ser.

—¿Sospechas que Valle haya podido hacerse algún traje a espaldas de la familia Laguna? —preguntó, abriendo mucho los ojos grandes y saltones.

—De momento sólo busco datos.

—Procuraré conseguirlos, y no te cobraremos caro... por

esta vez. —Arias se tentó el labio inferior, prominente y carnoso, y sugirió—: Salinas, a ver si nos consigues algún buen contrato de auditoría, con uno de esos clientes tan rumbosos que tienes.

—Si quedo contento... se estudiará —dijo, poniéndole el caramelo en la boca y observando cómo Sergio Laguna pedía la cuenta, haciendo sonar los dedos de forma ostensible.

En los restaurantes, Lic solía jugar consigo mismo a adivinar quién iba a pagar el convite de las mesas cercanas: «Ya lo decía yo: Sergio es el paganini», pensó, dándose la razón.

Antes de marcharse, el hijo de Laguna se acercó a Salinas, despidiéndose con una reverencia propia de los tiempos de capa y espada. Valle le saludó agitando la mano desde el umbral de la puerta, y Félix salió ignorándole por completo.

Sebastián Arias había dejado el automóvil en un parking, y se ofreció a acompañar a Salinas hasta la Plaza Mayor. Salieron a Hurtado de Mendoza y doblaron para meterse en Juan Ramón Jiménez. No habían llegado aún a la mitad de la manzana cuando un cupé, que estaba estacionado al otro lado de la calle, se puso en marcha y, bruscamente, aceleró hacia ellos.

[illegible] [illegible]

Antes de [illegible] la mano [illegible] [illegible] [illegible] [illegible] [illegible] [illegible] [illegible] [illegible] [illegible] [illegible]

[illegible] [illegible]

La orquestina inició un aire cíngaro que inundó de lamentos de violín aquel restaurante del «Intourist» de Moscú. James Davidson colocó, en paralelo, cuchillo y tenedor sobre el plato y, tratando de sofrenar la tensión interna, jugueteó con los dedos, largos como espátulas.

Goldman se pasó la mano por el mentón y, mirándole con fijeza, comenzó a decir:

—Lambeth me ha dado una lista de los civiles más notables que andan conjurados en lo que, al parecer, llamáis «golpe de las cafcterías».

El abogado de Wall Street le tendió una cuartilla que había extraído del bolsillo interior de la chaqueta.

El *yuppie* la observó, fijándose en un nombre: «Sergio Laguna», que estaba subrayado en rojo, y señalado por un asterisco, que se explicaba al pie de la página: «(*) Ha obtenido un crédito de considerable montante, y va a destinarlo, al parecer, a ejecutar una intentona golpista.»

El neoyorquino le lanzó una mirada llena de complicidades y, tratando de contener un fulgor plomizo y agresivo en los ojos, levantó un vasito de vodka y le felicitó:

—Digno de un gran maestro del ajedrez: Eliminaste el usufructo para limpiar, de gravámenes, la fortuna del joven Laguna... Y, como por arte de magia, le han empezado a llover los créditos.

—En cuanto Sergio termine con los trámites de la testamentaría, ya no los necesitará. A partir de ahí podrá meter el dinero, a chorros, en su pequeña guerra privada.

—Esperemos que monten un buen *show* —dijo Goldman, como si se refiriera a un castillo de fuegos de artificio.

—Lo importante, ahora, es conseguir que no se adelante ninguno de los otros dos golpes. —James Davidson, con voz sorda, añadió—: Hay que administrar la vacuna antes de que se presente la enfermedad.

El *yuppie* endureció el gesto y, acentuando las arrugas que le surcaban la frente de lado a lado, dijo:

—Debemos tomar una decisión, hoy mismo...

El abogado de Wall Street le miró con preocupación. Conocía esa forma de comenzar, y sabía que acostumbraba preludiar algún asunto enojoso.

—Hay que eliminar la segunda hipoteca.

Con esas palabras James Davidson firmaba la sentencia capital de la paraguaya.

—¿Dónde se oculta?

—En la casa de campo, que nunca debió dejar... para enrollarse con ese peluquero de pacotilla —respondió el *yuppie* estirando las huesudas extremidades, como si fuese un arácnido en tensión.

—¿No volveremos a necesitar sus servicios?

—En São Paulo aceptamos el riesgo calculado de que pudiera liarse con alguien mientras trabajaba en Barcelona. En tales circunstancias decidimos que habría que suprimir ambas hipotecas. Una detrás de la otra. —Y hablando para sí mismo, James añadió—: A saber qué le contó, y qué no le contó a ese Cappo. En la cama se suele perder el dominio de la lengua.

Goldman ponía objeciones, porque era hombre de discutir y analizar los asuntos hasta agotar todos los argumentos. Pero la suerte de la paraguaya ya estaba echada desde que en Londres decidieron eliminar a Luciano Cappo.

El neoyorquino, tras apurar la esgrima dialéctica hasta el punto en que se empieza a dar vueltas en torno de los mismos detalles, dejó reposar la manaza sobre la mesa y puntualizó:

—Me ocuparé personalmente de redimir la segunda hipoteca. Prefiero que tú te concentres en supervisar la fase final del proyecto vacuna.

Terminaron en silencio los helados y, en cuanto pidieron café, Goldman se puso a especular:

—¿Crees que nuestro contacto, en Sur-2, puede llegar a convertirse en otra hipoteca a suprimir?

—No —repuso Davidson categóricamente, para proseguir como si filosofara sobre el bien y el mal—: Nuestro contacto tiene mucho que ganar a nuestro lado. El peligro acostumbra venir de gentes que no se sabe cómo van a reaccionar: como el peluquero o la cabaretera de los puñales.

El *yuppie* aplastó su corto sin filtro de Virginia, y le vino a la mente la imagen de una mujer que llevaba un alfanje en la mano. Destellaba el acero y caía sobre el cuello de su esposa.

Finísimas gotitas de sudor le cubrieron la frente, y trató de huir de sí mismo poniendo todos los sentidos en prender un nuevo cigarrillo, aunque no pudo evitar hacerlo con pulso temblón.

Goldman le observaba con mirada de científico y, tras sopesar lo que iba a decir, le aconsejó:

—Te lo dije en Londres, y te lo repito aquí, en el «Hotel Intourist» de Moscú: Vas a llegar arriba, pero tienes que aprender a relajarte. Si no lo logras, el sistema nervioso puede jugarte una mala pasada.

James Davidson le oyó, pero no le escuchaba. Estaba inmerso en la vorágine de sus propios pensamientos. Tras dar un par de chupadas al pitillo, largas y viciosas, dijo:

—En Sur-2 hay quien va tras nuestros pasos.

—Toda la Policía del país, supongo...

—Nuestro contacto de Sur-2 me ha dicho que un abogado. Un tal Salinas. Se está preguntando: «¿Quién puede salir ganando con las consecuencias de la muerte de Laguna?»

—¿Te preocupa?

—Nuestro contacto está preocupado. Y mucho.

El cupé blanco se detuvo, también con brusquedad, emitiendo un chirrido de frenos. Alberto Valle iba al volante y, presionando sobre una tecla, hizo descender el cristal de su lado.

Salinas y el auditor que, al verle aproximarse como un loco, ya se habían detenido en la acera por ver qué pasaba, le miraron con ojos no tanto de censura como de interrogación.

—¿Te va bien, ahora? —preguntó Valle dirigiéndose a Lic, sin hacer el menor gesto que indicase que pensara apearse del automóvil italiano.

Arias facilitó las cosas, diciendo al abogado:

—Como prefieras. Si quieres continuar la juerga con ese señor... Yo, encantado.

Valle, ignorando al auditor, insistió:

—Mira, Lic. Ahora tenemos toda la noche por delante. Pero mañana no sé si encontraré un solo hueco. —Y suspirando, añadió—: Aún no conozco todo lo que se me amontonará a partir de las nueve.

Salinas dijo adiós afectuosamente a Sebastián Arias y se metió en el coche. Valle arrancó, despidiéndose con un saludo inacabado.

Aunque ya era tarde, se veía no poca animación en aquella zona, tan próxima a la Costa Fleming. El ejecutivo subió por la calle de Juan Ramón Jiménez, mientras decía:

—Prefiero dormir poco esta noche, y poder hablar contigo sin prisa. ¿A dónde vamos?

—Si me acercas a casa, tendremos tiempo suficiente de decírnoslo todo por el camino —repuso Lic, con una chispa de mal humor.

—Aunque pueda parecerte un camelo, créeme: No paro. Nunca había ido tan a tope...

—Hablemos de Esperanza —le cortó Salinas, sin querer entrar en la aceptación, o no, de las excusas.

—Ella es quien manda en el juego, ahora.

—Y quien paga. —Y observándole con fijeza le espetó—: Incluso las facturas que yo te presente, ¿no es eso?

—Las cosas son como son.

Valle conducía con exagerada lentitud. Miraba adelante con ojos vidriosos, y el rostro le había adquirido un color de muerto.

—Me dijiste que tú ibas a pagarme con tu sueldo. Me rogaste que sólo te cobrara los gastos...

Ahora fue el economista quien le interrumpió, para volver a decir, ¿o acaso decirse?, en un tono que recordaba el de las repeticiones maniáticas:

—Las cosas son como son.

Lic alivió un poco la tensión de la cara, y afirmó:

—El problema no está en las cosas. El problema está en ti. Tienes la forma de actuar de los culpables.

—Los que andamos metidos en negocios, siempre somos culpables de algo. —Hizo un breve silencio, y sentenció—: Todos tenemos algo que ocultar. Tú no puedes comprenderlo. Tienes la suerte de ser libre.

Alberto Valle pronunció la palabra «libre» arrastrando las vocales.

—Pago un precio por lo que tú llamas ser libre —murmuró Salinas.

El economista continuó hablando, como si no le hubiese oído:

—Yo, en el fondo, no era más que un secretario para Rodolfo Laguna. Secretario de lujo..., evidentemente. Con nombramientos de relumbrón en sus sociedades..., también. Pero secretario a fin de cuentas. Y los secretarios tenemos que hacer muchas cosas sin objetar, y sin pensar en las secuelas que puedan traernos... en el futuro.

Ya llegaban a La Cibeles, y Valle interrumpió su monólogo para torcer a la derecha y meterse en la calle de Alcalá. Salinas con voz ronca le advirtió:

—Alberto: Voy a llegar hasta el fondo del caso Laguna. Y, esta vez, voy a hacerlo colaborando con la Policía. Te lo digo por aquello de que: «El que avisa no es traidor.»

—¿Qué quieres decir?

—Si además de actuar como un culpable, lo eres..., yo, en tu lugar, desaparecería del mapa. Que quiera llegar hasta el final, es una cosa. Que te encierren en el balneario, otra. No tengo el menor interés en hacerte pagar nada... Hayas hecho lo que hayas hecho.

Alberto Valle detuvo el coche antes de llegar a Gran Vía, y con el rostro literalmente inflado por la excitación, proclamó:

—No he tenido nada que ver con el asesinato de Rodolfo Laguna, ni con lo que pueda esconderse detrás.

—¿Por qué me has estado diciendo verdades a medias desde el principio?

El abogado tuvo en la punta de la lengua «mentiras a medias», pero no quiso hurgar en la llaga.

—No me gusta criticar a los muertos. Y menos a Rodolfo. Aunque era hombre muy corrido y trataba de poner mi cara donde había riesgo de recibir alguna hostia.

Valle se calló por un momento. La palabra hostia se le heló en la boca y, váyase a saber si presa de algún temor inconsciente, se tapó el rostro con la mano, como queriendo ocultar el pecado nefando. Apretó los labios. Volvió la cabeza en dirección a Salinas y fue preguntándose para responderse él mismo.

—¿Sabes qué riesgo representa, hoy, ser consejero de una sociedad anónima? Yo lo soy de varias. ¿Sabes que ser apoderado de alguien, o de algo, es cabalgar sobre un tigre? A mí me salen los apoderamientos por las orejas. ¿Sabes lo que puede ocurrirte si te pescan metido en algún trapicheo de dinero negro, o en una evasión de capital...?

Alberto Valle terminó por concluir, mirándose las manos:

—Yo era el pararrayos de Rodolfo Laguna. ¿Comprendes por qué, siempre, trato de protegerme? ¡Hay que dar las mínimas pistas!

Lic no dijo ni sí, ni no. Se limitó a preguntar:

—¿Y Carlos Montero?

—Lo mismo que yo, para asuntos de fuera del país.

«Si es verdad... El tal Rodolfo ¡cómo puteaba al cuñado...! ¿Estaría al corriente Esperanza?», pensó Lic.

El ejecutivo arrancó de nuevo.

Ya cerca de la Plaza Mayor, Salinas indagó:

—¿Has averiguado algo nuevo de los millones del descuadre?

Valle negó con la cabeza, y lo hizo con poca convicción. El abogado insistió:

—¿De veras?

El economista respondió con un gruñido sordo, que no se sabía qué significaba.

—¿Y... sobre la hojilla de la agenda?

Volvió a negar. En cuanto detuvo el cupé, cerca de la casa del abogado, se despidió con un:

—Lic, ¿por qué aceptaste el caso?

—No lo entenderías, Alberto.

A pesar de la hora, Marisa permanecía en su puesto, escuchando las grabaciones que le iba mandando la agencia de Puig. El penetrar en las vidas de Sergio, Esperanza, Valle y Montero, le daba una secreta y aún inconsciente satisfacción.

Ella, con su pinta de chupacirios, componía una extraña imagen, concentrada en captar el sentido de las conversaciones que bullían dentro de sus auriculares. Tenía, a mano, papel y lápiz, y tomaba nota taquigráfica de cuantos datos juzgaba que merecía la pena destacar.

Lic hizo girar la llave de la puerta del piso con aspereza. La discusión que acababa de sostener en el coche de Valle le había puesto de mal humor. Y, en cuanto entreabrió la puerta, se detuvo en el mismo umbral, contemplando la escena de las escuchas de su secretaria.

Ella le percibió como si fuese un ruido visual y, apoyando los auriculares sobre el cabello, le saludó:

—¿No esperaba encontrarme?

—No.

—Quiero estar al día con las cintas. Si no, se me irán acumulando, y no va a haber quien pueda con ellas.

—Es muy tarde ya, Marisa —dijo Salinas, para dejar constancia de que apreciaba su entrega.

—Pensaba quedarme a dormir en la cama turca —repuso la secretaria, señalando hacia un pequeño cuarto.

El abogado hizo que sí, con un gesto, mientras se acercaba a la mesa de Marisa y tomaba su agenda.

—¡He vuelto a fallar! —exclamó Lic, mostrándole la cotización del dólar, que había previsto para fin de mes—. Me he pasado de dos pesetas. Este jueguecito es mucho más difícil que el dominó. No hay forma de adivinar los saltos.

—Castigado sin marisco. Otro mes será —dijo ella con sonrisa de vieja compinche.

Salinas se metió en la parte del piso destinada a vivienda y, en el salón que estaba ocupado desproporcionadamente por el billar, buscó un juego de dominó. Lo encontró en un *chiffonnier* de palo de rosa, y lo extendió sobre la mesa de Marisa, diciendo:

—Nueve fichas cada uno, y el resto para robar del montón.

La secretaria se apartó un poco los auriculares, para decir:

—He jugado muy poco a ese juego.

—No importa —la tranquilizó el abogado, sentándose enfrente y empezando a remover las fichas.

Jugaron un buen rato, y Marisa lo hizo sin dejar de escuchar las cassettes. Ganó alternativamente quien tuvo mejor suerte para no cargarse con las piezas durmientes, que iban levantando al fallar de un palo.

Ella iba salpicando las partidas con exclamaciones y comentarios sobre lo que oía en las grabaciones: «¡Ay, ay, ay! Ese matasietes me va a estropear al pobre Sergio.» Estaba siguiendo un diálogo entre Sergio Laguna y su lugarteniente cuando consiguió cerrar: «Cierro y gano.»

Marisa se ofreció a hacer café y, al regresar, afirmó enfurruñada:

—Vaya con cuidado con el apoderado de Sergio. No me gusta nada, pero lo que se dice nada de nada.

El abogado permaneció en silencio, fumando su cigarro y pensando en lo que acababa de oír. Se puso en pie, se apoyó en la pared, y preguntó:

—¿Tiene algún dato, en concreto?

—Dato en concreto, no —repuso, pasando al tuntún las hojas de la libreta de notas—. Pero si escuchara el tono en que le habla a Sergio... Al pobre muchacho me lo tiene acoquinado. Y si oyera las cosas que le dice... «Que si hay que comprar esta partida, o la otra. Que si mañana reunión en tal cafetería. Que si la semana próxima otra cosa, en una finca que debe de estar medio abandonada...»

—¿Qué clase de partidas?

—Pues... Por aquí tendría que estar. —Ella consultó sus notas y precisó—: Normalmente se refieren a las partidas por números, aunque una vez hablaron de pipas y otra... Déjeme ver. ¡Ah, sí! Otra, de autobuses.

—¿Pipas? —masculló Lic, para responderse—: En el argot policial significa «pistolas».

—Jesús —exclamó Marisa llevándose la mano al moño tenso, limpio y canoso.

—¿Cómo casan los autobuses con las pistolas? —se interrogó Lic, alargando el rostro y mirando hacia arriba.

La secretaria volvió a sentarse en su silla y, poniendo las manos encima de la mesa, quiso saber:

—¿Cree que el apoderado de Sergio pueda tener algo que ver con el asesinato de su padre?

Salinas reflexionó antes de hablar, y terminó por decir:

—Marisa. Estamos ante un caso muy complejo. —Buscó una comparación que le fuese perfectamente comprensible—: Imagine que nos enfrentáramos a un paciente con una enfermedad, que nos temiésemos, muy grave. ¿Qué haríamos? Análisis de sangre, de orina —el abogado contaba con los dedos todo lo que haría—, radiografías... e incluso, si lo tuviésemos a mano, usaríamos el *scanner*.

La secretaria afirmaba con la cabeza, pendiente del rumbo que iba a tomar la explicación. Lic hizo una pausa, y prosiguió:

—Ante la sospecha de un cáncer —puso el ejemplo del cáncer, para que sus argumentos fuesen más rotundos—, ante eso, querríamos tener en la mano el máximo de información, como paso previo para dar el diagnóstico.

El abogado, más hablando para sí mismo que para ella, concluyó:

—Siguiendo con mi ejemplo: Estamos empezando a recibir

los análisis de sangre. Que en el caso de Laguna podrían ser las cassettes que ya está escuchando. Muy pronto vamos a recibir más datos. Cuando los tengamos, me formaré una idea de quién pudo matar a Rodolfo Laguna, y me meteré a fondo con el sospechoso.

Marisa no se quedó satisfecha del todo, y replicó:

—No puedo creer que no tenga ya un sospechoso. Estoy convencida de que usted lo tiene, aunque sólo sea por intuición... Sin pruebas. —El abogado no lo negó, y se mantuvo en ademán de seguir escuchándola. Ella se envalentonó—: Usted no quiere revelar quién es su sospechoso. Y me temo que no va a aceptar su culpabilidad hasta que no le quede más remedio.

El caso Laguna se había instalado en la mente de Salinas. El abogado pensaba en él a todas horas. «No puedo quitármelo de la cabeza», se repetía.

Las cosas avanzaron a ráfagas, como suele suceder. Tras la fase de tejer lo que Lic llamaba su «tela de araña», vino la calma. Una calma expectante, salpimentada por los comentarios que iba haciéndole Marisa sobre la marcha, entresacando datos de las grabaciones. Y, también, por las llamadas telefónicas y viajes a Madrid de Puig y Perico Carvajal.

A medida que transcurría el tiempo, los tres fueron formándose sus propias ideas, y, ¿cómo no?, sus propias hipótesis. Lo que les llevó a tener *in mente* a su sospechoso preferido. Les ocurría lo que pasa, a veces, al entrar tres en el mismo bar y pedir al camarero bebidas distintas.

Marisa empezó sospechando del apoderado de Sergio Laguna pero, al descubrir en las cassettes que Esperanza tenía un amante, cambió de criterio. Salinas no lo quiso aceptar de entrada, y se empeñó en escuchar la grabación para conocer por sí mismo el arcano. Sólo admitió la evidencia cuando la oyó confirmar una cita para pasar juntos un fin de semana: «Me va bien saberlo ahora. Estaba haciendo un descanso, y ya me ha venido. Volveré a tomar las pastillas...»

Tras esas palabras, Lic interrumpió bruscamente el monótono girar del aparato, diciéndose: «Pastillas. ¡Pastillas! ¿Para qué las necesitas, Esperanza...? Si no te quedas embarazada ni a tiros.»

La secretaria tendía a presentar los resúmenes de las cintas teñidos de alusiones contra la que, según ella, era la principal sospechosa. «Se ha quedado con todo. Ha dejado al pobre Sergio sin la herencia que le correspondía. Y, para postres, nos ha salido pendona», decía a menudo.

Perico Carvajal veía el caso desde otro ángulo. En su opinión, que suponía Lic era la de la Policía, había un núcleo de posibles culpables, y se empeñaba en tratar de relacionar a Sergio Laguna y sus adláteres con un grupo de ultras de Barcelona, entre los que figuraba Héctor Villamediana. «Héctor estuvo cenando con Rodolfo Laguna poco antes de que le mataran», insistía, al defender sus argumentos.

El inspector cumplió las promesas, e hizo llegar a Salinas resúmenes de no pocas declaraciones. Lic leyó y releyó la de Ferreróns. «El señor Torras», masculló sonriendo y pensando en el chiste. El industrial había explicado a la Policía que era socio de Rodolfo Laguna desde hacía muchos años, y que «mantuvieron siempre unas relaciones correctas y leales», en palabras del propio empresario textil.

Se incluía un informe en el que se mencionaba la afición de Ferreróns a las juergas, y su reputación de *connaisseur* de los mundillos nocturnos de Barcelona y, en especial, del Barrio Chino. Se aludía también a su costumbre de irse de parranda con Rodolfo Laguna e incluso, en ausencia de Rodolfo, con el propio Carlos Montero.

Cada vez que Lic consideraba la teoría de Carvajal, terminaba por decirse: «Este jodido se calla la tira. Todos sus sospechosos tienen, en común, el ser unos fachas como la copa de un pino. Pero no me da el menor dato sobre la posible trama ultra que puede esconderse detrás del caso. En el pub "Ideal" empezó a destapar algo... Pero luego se ha cerrado como una ostra.»

El inspector le envió una nota, con las idas y venidas de Héctor, en la que sólo aparecían los clientes con los que se relacionaba para la compra o venta de automóviles de ocasión.

En cuanto Salinas la recibió, telefoneó a Carvajal y le dijo:

«Hasta ahora me has ido mandando declaraciones descafeinadas, pero la última papela es agua chirle.» A lo que el policía repuso: «Hago más de lo que puedo.»

Puig se había buscado otra cabeza de turco. Para él, Carlos Montero era el número uno. Y se notaba por la prolijidad de detalles que acompañaban a los informes normalizados de sus motoristas. Anotaban hasta el número de golpes que daba durante los recorridos de dieciocho hoyos en el golf de La Moraleja. Si el fin de semana no le pillaba de viaje, allí pasaba los sábados y domingos, con su mujer y su hija, y Pepe Galiano consiguió que un caddy le facilitara los resultados.

El hombrón apoyaba su tesis en que Carlos iba a ser quien manejara la fortuna heredada por la hermana. «Es mejor llevar la batuta que ser propietario», decía. Otro aspecto que consideraba importante era la frecuencia con que iba a Barcelona. Aunque los de Homicidios ya habían comprobado que la noche del crimen del «Sam's Cabaret», Carlos Montero y su esposa estaban cenando en casa de unos amigos, en la calle Pintor Fortuny de Madrid. «La coartada», sentenciaba Juan Puig.

Que Montero hablara por teléfono, incluso desde el domicilio, con tono formal y, según él, receloso, y que no se pudiera sacar nada de sus grabaciones, le reafirmaba más aún. La última vez que Puig discutió el asunto con Lic, en Madrid, se despidió manteniéndose en sus trece y recordándole: «La paraguaya dijo a su manicura que un señor de Madrid le había regalado el anillo del escorpión. Y, ¿dónde vive Montero...? En Madrid, Salinas. En Madrid.»

El motorista sabía, por Perico Carvajal, que el asunto del anillo era una de las ideas fijas del abogado. El inspector le había comentado un par de veces: «Me tiene frito con sus llamadas preguntándome si ya hemos localizado algún joyero que tenga noticia del dichoso alacrán.»

Lic no aceptaba como segura ninguna de las opciones que se empeñaban en presentarle. Juzgaba que no tenían suficiente fundamento, aunque no le parecían ilógicas. No es que el abogado estuviese desnortado. No era eso. Pero quería brujulear en busca de una evidencia consistente. «En los casos sofisticados, y éste lo es, suelen encontrarse soluciones y culpables prefabricados. Sólo prescindiendo de las apariencias se puede llegar hasta el fondo.»

A Salinas no le extrañó demasiado que Valle siguiera aún sin convertirse en presunto culpable, dentro de su círculo próximo. «Si supierais lo que yo sé, ya estaría en cabeza del *hit parade*, se repetía, al oír las conjeturas contra los otros.

Una tarde lluviosa y oscura de finales de noviembre, Sebastián Arias telefoneó a Lic para decirle:

—Te mando, ahora mismo, el primer *rapport* sobre lo que me pediste.

—¿Has encontrado algo?

—Prefiero que lo leas tú mismo.

En cuanto colgó el auricular, Salinas ya no hizo nada más que mirar por la ventana. Gruesos goterones caían discontinuamente sobre el pavimento de la Plaza Mayor, relavando los coches azulfeo de la Policía Municipal, que rompían su rancia estética porticada.

A la media hora paró de caer el agua, y el abogado se dijo: «A ver si me traen lo de Arias.» No pudo concentrarse en nada, hasta que llegó el mensajero con el sobre del auditor.

Salinas hincó el cortaplumas y rasgó limpiamente el sobre color crema. Contenía sólo cuatro folios sin membrete. Lic se puso a hojearlos. En el último se leía, escrito con mayúsculas y subrayado: «CONCLUSIÓN.»

La conclusión era breve, pero le hizo llevarse una mano a la cabeza y exclamar: «¡Me lo temía!»

La cuarta hoja contenía la opinión de Sebastián Arias, y rezaba:

CONCLUSIÓN

Alberto Valle retiró, en el último mes de setiembre, cinco cheques del Banco Monetario, por un importe de 523 millones de pesetas. Los efectos eran AL PORTADOR.

Trataré de averiguar en qué cuenta fueron ingresados, a través de la Cámara de Compensación.

Buena suerte.

Salinas no pudo dejar de pensar: «¡Cheques del Banco Monetario, y al portador! Equivalen a dinero en efectivo. Si Valle hubiese querido metérselo en el bolsillo... Nada más fácil... Y, luego, con la muerte de Rodolfo, y el follón de la testamentaría, y el cuento del descuadre, y su contabilidad de manguitos, y el no querer líos con la abogacía del Estado... Sólo le restaría esperar, para ver cómo se daba carpetazo. Y el señorito Alberto Valle podría pesar quinientos veintitrés quilitos del ala.»

Que los cheques se hubiesen concentrado precisamente en el mes que precedió al asesinato del financiero, le llamó la atención. «Valle me dijo que el descuadre se había producido a lo largo de un semestre.» Recordó para suponer: «Quizá me lo dijo, porque yo le pedí datos de los últimos seis meses. Aunque, no sé...»

Lic estuvo tentado de llamar al economista, pero releyó la nota del auditor y se dijo: «Esperemos. A ver si Arias puede llegar a conseguir el nombre del titular de la cuenta que se ha visto beneficiada con tan apetecible maná.»

Al pensar en Valle, Salinas esbozó una sonrisa sardónica, y dijo entre dientes: «Alberto, si has sido tú, eres un hijoputa, pero lo has hecho bastante bien. Lástima que el escorpión pueda llegar a picarte... y no pienso impedirlo. Si has jugado a ese juego, tendrás que pechar con él, tú solito.»

Los días pasaban, y Lic empezaba a estar algo empachado por el sinfín de datos que le hacía llegar Puig, o su cabeza visible en Madrid: Pepe Galiano. Había avanzado en el conocimiento de los intríngulis de las vidas de Esperanza y de Sergio Laguna, que no se recataban en hablar por teléfono de cualquier cosa. Y ya se había acostumbrado a las conversaciones reservadas, y estrictamente mercantiles, de Valle y de Carlos Montero. El último dejaba en manos de su esposa, que asumía también el papel de secretaria doméstica, todas las llamadas que se salían del campo de los negocios. Hasta las citas para cenar con otros matrimonios, que solían ser muy decorativos, era terreno de Piluca Martínez de la Cañada. Así se llamaba la jovencísima señora Montero, aunque fuera conocida por Pilu entre los íntimos del golf.

Salinas siguió, con menos interés del que cabía esperar, el alarde de habilidad de Pepe Galiano, hasta lograr la identificación del amante de Esperanza. El primer espada de las escuchas telefónicas, haciendo gala de buena dosis de paciencia (y me temo que siguiendo órdenes expresas de Juan Puig), llegó a captar una de sus conversaciones en el mismo momento de producirse. «En tiempo real. Oye. En tiempo real», se ufanó, más tarde, al explicarlo. Y de ese hilo llegó al número de teléfono del «Romeo», como le bautizó.

El amante de Esperanza resultó ser un diputado del P.D.M. (1) por Tarragona. Lic recibió la noticia pensando: «Esperanza, no aprenderás nunca. Primero un *finanssiero*, ahora un diputado...»

De las conversaciones telefónicas con el político se deducía que la viuda de Laguna iba a arreglarse, a su gusto, la masía de Reus. Tenía la intención de pasar, en las tierras recién heredadas, largas temporadas cerca de los suyos, y, por supuesto, de su paisano y diputado-Romeo. Y de echar tierra sobre el tiempo fúnebre y el odiado vestuario de azabache inclemente.

A primera hora de un jueves de diciembre, que había despuntado frío y trasparente, Lic reparó en un detalle, perdido entre la maraña de los resúmenes de las primeras escuchas: Félix Puerta decía a Sergio, que ya había telefoneado a la notaría, para anular la firma del 3 de noviembre.

El día «3 de noviembre», se dijo Salinas, recordando que era una de las fechas que contenía la hojilla arrancada a la famosa agenda del muerto. «En la cara, domingo 2 de noviembre, y en el reverso, lunes 3», se repitió. Aquellas fechas estaban prendidas en su memoria de tanto dar vueltas a las fotocopias que sacó antes de devolver el original, de papel biblia, a Alberto Valle.

Salinas se llegó a la calle Serrano, y subió en un ascensor renqueante y señorial que le llevó hasta el tercer piso. Se metió en las solemnes oficinas del notario, andando como Perico por su casa, y se encaminó al despachillo de Paloma. Ella le recibió con gesto entre sorprendido y jovial: «Dichosos los ojos.»

El abogado le hizo unas cuantas carantoñas, y terminó por preguntar:

—¿Sabes algo sobre una escritura del 3 de noviembre, en la que andaba metido Sergio Laguna?

—Un momento —repuso levantándose y saliendo en busca de una veinteañera de ojos garzos, que llevaba el cabello tirante y recogido en forma de cola de caballo.

Las dos se metieron en el cuchitril de Paloma. Y la veinteañera, tras escuchar a Lic, contestó:

(1) Partido Democrático de Mediopelo.

—Don Sergio Laguna y su apoderado vienen con mucha frecuencia por la notaría. Se me hace difícil asegurar si, precisamente ese día, tuvieron alguna firma... —Salió, con aire de ir a por algo, murmurando—: Voy a ver.

A los diez minutos la chica regresó con una carpeta, para aclarar:

—Sí. El 3 de noviembre se tenía que haber firmado una escritura sobre un usufructo entre don Sergio Laguna y su padre. —La veinteañera se quedó cortada. Les miró, y acabó diciendo—: Pero don Rodolfo murió antes...

Paloma tomó la carpeta y le dio las gracias, con un tono que dejaba muy claro que incluía el adiós. La chica de la cola de caballo se fue diciendo: «Ya me devolverás el *dossier...*»

Lic, sin pedir permiso, hojeó el legajo, percatándose de que Rodolfo Laguna iba a firmar, el 3 de noviembre, un documento de renuncia al usufructo de la finca de Cádiz en beneficio de su hijo. Por aquel protocolo, Sergio hubiese recibido de su padre el pleno disfrute de la propiedad.

—¿Por qué lo haría? —se preguntó el abogado, por ver si le aclaraba algo.

Pero Paloma le miró con ojos de: «No tengo ni la menor idea.»

Mientras Salinas revisaba los papeles, uno a uno, ella dijo:

—El padre de Sergio y Félix Puerta se tiraron los platos por la cabeza más de una vez. Aquí mismo, en la propia notaría —evocó con gesto apesadumbrado, como si se refiriera a un acto sacrílego.

—¿De qué discutieron? —quiso saber el abogado sin apartar la vista de los papeles.

—Yo no estaba presente. Pero me dijeron que el apoderado del hijo afeó la conducta del padre, y le acusó de haber dado de lado a Sergio. —Paloma bajó la voz y opinó—: Creo que padre e hijo hubiesen llegado a entenderse. Pero ese Puerta se entrometió en todo, y no permitió, ni permite, que Sergio haga nada solito. Es apoderado suyo, y se aprovecha...

Salinas ya había revisado más de la mitad de los documentos, cuando se quedó inmóvil ante una hojilla.

El abogado abrió mucho los ojos y la tomó con cuidado. Sí. La hojilla del 2 de noviembre, de la agenda de Rodolfo.

Paloma, que conocía las caras de Lic, le dijo:

—¿Qué pasa?

—He encontrado algo que ya no pensaba encontrar.

Salinas observó atentamente la hoja de papel biblia. El domingo 2 estaba en blanco. En la cara del lunes, 3, se leía una nota hecha a pluma con trazos nerviosos y puntiagudos, muy distintos a los de Valle: «La renuncia del usufructo, en favor de mi hijo Sergio, se refiere a la propiedad "El Churumbel". Término municipal de Jerez de la Frontera...» El manuscrito terminaba diciendo: «... Sólo firmaré la escritura con mi hijo. NO quiero ver a su apoderado.» El «no» estaba en mayúsculas y subravado dos veces.

«El propio Rodolfo debió de anotarlo en la agenda, arrancando la hoja para que Valle no pudiera enterarse», pensó Lic. Y preguntó:

—¿Por qué guardáis en el legajo una hojilla de agenda?

—A veces los clientes nos detallan, por escrito, los datos que quieren ver reflejados en los protocolos... Y no podemos obligarles a rellenar un formulario... —Con aire burlón, prosiguió—: Ayer mismo vino un hombre muy gordo, que tiene un puesto de fruta en el mercado, y me trajo los datos de una segregación de fincas rústicas, garrapateados en papel de estraza. ¿Qué te parece?

El abogado, que estaba absorto en lo suyo, hizo un movimiento afirmativo con la cabeza y, señalando la inscripción, consultó:

—¿Es letra de Rodolfo?

—No lo sé.

—¿Podrías confirmarlo?

Paloma, sin decir palabra, tomó el manuscrito y, atravesando una sala de espera de amazacotada decoración, se metió en el despacho del añejo oficial de la notaría.

Salinas aún no había tenido tiempo de prender bien su cigarro, cuando ella regresó diciendo:

—Confirmado. De su puño y letra.

—Pídeme que te [illegible] [illegible] [illegible] [illegible]

[illegible]

—[illegible] [illegible] algo que ya [illegible] [illegible] [illegible] [illegible] [illegible] [illegible] [illegible] [illegible] [illegible] [illegible] [illegible] de papel [illegible]. El [illegible] estaba [illegible] blanco. [illegible] dos [illegible]

[illegible] [illegible] [illegible] [illegible] [illegible] [illegible] [illegible] [illegible] [illegible] [illegible] [illegible] [illegible] [illegible] [illegible] [illegible]

[illegible] papel [illegible] [illegible] [illegible]

[illegible] [illegible] [illegible] [illegible] [illegible] [illegible] [illegible] [illegible] [illegible] [illegible] [illegible] [illegible] [illegible] [illegible] [illegible] [illegible] [illegible]

[illegible] [illegible] [illegible]

[illegible]

[illegible] [illegible]

[illegible] [illegible] [illegible] [illegible] [illegible] [illegible] [illegible] [illegible] [illegible] [illegible] [illegible] [illegible] [illegible] [illegible] [illegible] [illegible] [illegible] [illegible] [illegible]

[illegible] [illegible] [illegible] [illegible] [illegible] [illegible] [illegible] [illegible] [illegible]

[illegible] [illegible] [illegible] y [illegible].

El caso Laguna estaba atenazando a Salinas, y abetunándole el humor. Pasaba demasiadas horas encerrado en su despacho de la Plaza Mayor, leyendo las declaraciones insulsas que le mandaba Carvajal, resúmenes de escuchas telefónicas e informes de los motoristas.

Lic utilizaba el teléfono para dar la lata, pidiendo más y más datos. Sobre todo al inspector y a Puig. Y, también, para descansar hablando con Alex, con Ana, o con Lisa Vendrell. Era capaz de mantener todo tipo de conversaciones a través del hilo. Y Juan Puig le había instalado un artilugio, un *scrambler*, que le garantizaba el hablar a través de su línea sin que nadie pudiese escucharle. Con tan notable garantía el abogado se recreaba más aún, al perder la natural prevención que da el hablar a través de la red.

A veces, Lic filosofaba sobre la soledad que le producía tanta cassette, tanto *scrambler* y tanto chisme, llegando a decir: «Sólo me falta filmar en vídeo las caras que ponen los sospechosos cuando les interrogo, para pasarme luego las tomas ralentizadas, y poder estudiar con calma sus muecas, viendo si caen en alguna de las ya catalogadas dentro del epígrafe: gestualidad de la mentira.»

Hablando con la doctora Lisa Vendrell, Salinas llegó a

decir: «Los Sherlock Holmes del futuro serán unos señores muy tecnificados, que trabajarán metidos dentro de un laboratorio coordinando, tras la pantalla del ordenador, todos los datos habidos y por haber, que les servirán los equipos de campo. —Agregando—: Quiero decir equipos humanos *y/o* electrónicos.»

A lo que ella repuso, trasladando la idea a otro terreno: «Tus Marlows del futuro estarán muy solos, pero no serán los únicos. La tele aísla a la gente y la incomunica entre sí. ¿Y el vídeo...? Es el arma más poderosa para desintegrar a la sociedad y convertirla en una suma de individuos, amansados por la hipnosis de la pantallita casera e individual. Yo, que soy militante de izquierda, veo muy chungo el futuro de los movimientos de masas. Y es muy preocupante.»

Sergio Laguna se había aficionado a recalar en el despacho de Salinas, tras tomarse una *servessita con olivas* en el mostrador de madera, de escuela cordobesa, del «Púlpito».

Lic toleraba las incursiones con rara paciencia, y escuchaba las peroratas del hijo de Laguna que, so pretexto de querer ayudarle, tumbaba su anatomía de huesos largos y desmadejados en el gran sillón de orejas, que ya consideraba el suyo, y se ponía a hablar sin apenas interrumpirse. Su discurso acostumbraba escorar, ora hacia la jovial algazara juvenil, ora salmodiando en plural mayestático, y refiriéndose a las inmutables verdades de ultratumba. Hablando casi en tono de rezo latino, ayudándose y marcando el compás con las secas manos y mostrando una clara inclinación por los ritos necrófilos. Se complacía en salpicar su monólogo con alusiones al paternóster, al agua bendita del hisopo, a las hachas de cera y a los nichos lóbregos, para terminar nombrando a su padre con los ojos arrasados de lágrimas. Y asegurar, en el tono más formal, que prefería apostatar a permitir que la muerte de Rodolfo quedase impune.

Quizás hubiese impresionado a Lic, en alguna ocasión, a no ser por lo que revelaban las grabaciones de tan curioso personaje: Coincidiendo con el aumento en la frecuencia de sus visitas, las escuchas telefónicas de Sergio se iban vaciando de contenido, aunque siguiera gastando el mismo tono cuartelero de siempre. Salinas acabó por sospechar que el joven Laguna le estaba vigilando, provocándole con sus soliloquios y tratando de tirarle de la lengua, para ver lo que sabía y lo que no.

Una vez, alabando al padre, el hijo de Rodolfo llegó a nombrar la finca de Cádiz, diciendo: «Estaba acomplejado por la tía, que vivía con él, pero quiso que yo me instalara en "El Churumbel", y ya iba a hacer los papeles y todo...»

En favor del buen gusto de Sergio, hay que dar constancia de que siempre se dejó caer por allí solo, prescindiendo de la escolta de su apoderado.

Lic recibió el informe del *head hunter* con menos retraso del que esperaba, pero echó de menos los datos sobre James Davidson. Las diez holandesas, escritas a máquina «IBM» y, por supuesto, sin ningún membrete ni seña de identidad, detallaban los negocios de algunas de las personas que acostumbraban frecuentar el despacho de Rodolfo Laguna. Samuel Brixton había pasado por alto señalar que el factor común no era mercantil, sino sociológico. Pero leyendo entre líneas aquellos párrafos, se veía claramente la propensión del financiero a relacionarse con personas e instituciones claramente comprometidas con el franquismo.

Localizar a Sebastián Arias se hacía cada día más difícil, y Salinas se impacientaba. Lic estaba persuadido de que averiguar el destino de los quinientos y pico millones, en cheques al portador, era esencial para juzgar a Valle. Pero el auditor había conseguido un contrato demasiado grande para el tamaño de su equipo, y prácticamente no aparecía por la oficina. «Malditos agujeros políticos», pensaba Salinas, cada vez que una voz gutural le repetía: «El señor Arias no está en la oficina. ¿Quiere dejarle algún recado?»

Lic, sin estar seguro del porqué, empezó a ver en los síntomas del caso Laguna la sombra del golpe de Estado. Puede ser que la teoría de Perico Carvajal ya estuviese anidando en su mente, o acaso fuera por simple intuición. Pero llegó a las vísperas de las fiestas de Navidad con ese convencimiento, tan íntimo como intuitivo.

Faltaba sólo un par de días para la Nochebuena, y caía una finísima aguanieve sobre Madrid.

Aprovechando una ausencia de Valle, Lic apareció por el

despacho de la calle Velázquez, con el rostro enrojecido por el frío y con la intención de interrogar a Rojas, contable de manguitos que había trabajado muchos años con Rodolfo Laguna. El pacto de silencio que existía ya se puso de manifiesto en las miradas que se entrecruzaron las dos secretarias en cuanto le vieron aparecer.

Salinas experimentó la sensación que deben de notar los inspectores del fisco al pedir detalles a los contribuyentes. Allí sólo habló él. Rojas se limitó a balbucir monosílabos y a encogerse de hombros. «Yo soy un mandado», terminó por decir, a guisa de conclusión.

Al volver a la calle ya estaba nevando. Salinas paró un taxi y, cuando se puso en marcha, pensó: «Ese Rojas es de la vieja guardia... En boca cerrada no entran moscas.»

Tratando de aliviar la ira que le había provocado aquel diálogo esperpéntico, antes de regresar al despacho Lic fue a tomarse un aperitivo, en la misma Plaza Mayor.

Se bebió un gintónic en el «Torre del Oro». Y luego, otro. Y subió a la oficina con menos mala sangre.

Marisa le vio llegar con el ceño a media asta, y decidió ahorrarse la lista de cosillas que pensaba comentarle. El abogado se quitó el blazer de cachemira y, en mangas de camisa, se sentó tras su escritorio. Lic se daba el gustazo de mantener la calefacción fuerte durante todo el invierno.

Aunque le cargara, se metió de nuevo en la rutina del caso. Y releyó las anodinas declaraciones que habían prestado los socios de Laguna. Tan escuetas, que se diría que todos ellos debían de tener muchos trapitos sucios. Quiso escuchar personalmente la grabación de una llamada de Esperanza a su hermano, en la que opinaba: «Ya hemos dado demasiadas vueltas al asunto. Hay que confirmar, de una vez, a Valle en su sitio, y aumentarle un poquitín la autoridad. Es gris, pero conoce los tejemanejes del despacho.»

Carlos Montero no decía ni sí, ni no. Ella terminó la conversación, concluyendo: «En cuanto Valle regrese de Barcelona, se lo comunicaré personalmente.» El timbre de Esperanza iba adquiriendo aplomo y autoridad a medida que transcurría el tiempo. Ahora era ella quien mandaba, sin ningún lugar a dudas.

Salinas estuvo tentado, en varias ocasiones, de volver a

verla. Pero se limitó a darle, por teléfono, su versión de cómo avanzaba el caso. Ella tampoco hizo la menor insinuación de desear un nuevo encuentro.

Lic preparó una lista de «cosas a tener en cuenta», partiendo de resúmenes de los seguimientos de los motoristas. En ella destacaban las frecuentes visitas de Carlos Montero a los casinos catalanes, aprovechando sus encuentros con Ferreróns. La adicción de Valle al squash y a una esteticienne, muy pintadita ella. (Los dos solían cenar en el restaurante del club, después de que el economista sudara corriendo en pos de la dichosa bola.) Y el aumento en el ritmo de las citas de Esperanza con su diputado.

Era ya hora de almorzar, cuando sonó el timbre del teléfono. Marisa anunció a Perico Carvajal.

—Salinas, ¿estás bien sentado?

—Sí.

—Ya sé el nombre del amigo de Madrid..., de la paraguaya.

—¿Quién es? —preguntó Lic, acodado e inmóvil sobre el cuero verde del escritorio, con la cabeza ladeada hacia el auricular.

—Te va a sorprender.

En casa de James Davidson se respiraba la Navidad por los cuatro costados. Martha había adornado el árbol y decorado el piso con figuritas de madera, pintadas con colores vivos y pastosos. «Así, los niños pueden jugar con ellas, sin miedo a que se les rompan entre las manitas», solía decirse la esposa del *yuppie*.

En su vuelo de regreso a Nueva York, Goldman hizo escala y aterrizó en Luton para ir a felicitar las Pascuas a Davidson, quien le fue a recoger. Llegó con las manos llenas de cajas de cartón envueltas en papás noeles, que llevaban el nombre de Jim o Sandra rotulado a tinta por el propio abogado de Wall Street. Martha distrajo a sus retoños, atrayéndoles hacia un extremo del piso, para que no se percataran de la heterodoxia del Santa Claus vestido de gris oscuro.

Después de dar un beso en el pelo a los niños, hablar del mal tiempo que hacía en toda Europa, y regalar un pequeño icono a Martha, Goldman se metió en la biblioteca precedido por su anfitrión.

Los dos hombres ya se habían comido un buen bistec *saignant* cerca del aeropuerto. «Para no dar trabajo a tu mujer», insistió el neoyorquino, y hablaron de golf mientras ella servía el café.

Goldman fue del *swing* de Seve a lo agradable que resulta vivir «junto al mejor de los jardines», como le gustaba llamar a los *links*. Y se descolgó diciendo, en presencia de Martha:

—El otro día, un amigo mío que también se empeña en vivir en Londres, me dijo que el mejor lugar para tener un *cottage* es Fort Knox.

El abogado de Wall Street se rió a carcajadas al referirse a la extrema vigilancia que tiene cierta urbanización del sur de Londres, construida sobre el mismo césped del campo de golf.

—Debe de salir muy caro, vivir allí —repuso el *yuppie*, toqueteándose las antiparras de alambre de oro, y muy interesado en lo que decía Goldman.

—Pronto podrás comprarte una buena villa en ese lugar o donde Martha prefiera —aseguró haciendo un guiño de compinche a la linajuda señora Davidson, que no se perdía palabra.

—¿Cuánto cuesta una buena villa en Fort Knox? —preguntó James, con un aire ligeramente infatuado.

—Sólo medio millón de libras esterlinas —repuso el norteamericano, dando a entender que si tenía éxito el proyecto vacuna, aún le sobraría un buen puñado de dinero.

Martha les dejó solos, y el *yuppie* se apresuró a decir, notando un sedimento metálico en la boca:

—Ya se ha iniciado la fase terminal del Plan.

—¿Sí?

Goldman le animó a proseguir, inclinando la cabeza hacia adelante.

—Como suponíamos. Nuestro contacto ha conseguido persuadir a Héctor Villamediana de la conveniencia de jugar a nuestro juego..., diezmando a los golpistas de guante blanco que planeaban reconducir la democracia de Sur-2, corrigiendo su constitución.

—¿Participó en la muerte de Rodolfo Laguna?

—No. Héctor acaba de enterarse del plan, y de su papel... que no es otro que cruzar los cables. —Davidson sonrió, sin despegar sus finos labios, y añadió—: Héctor Villamediana era nuestra primera opción para provocar el cortocircuito. Habíamos previsto otras vías, menos perfectas, por si nos hubiese fallado... Como ya presenté en São Paulo.

—¿Cómo actuará... ese Héctor?

Al neoyorquino le gustaba que le repitieran, de nuevo, todos los detalles antes de lo que denominaba «grandes batallas».

—Es hombre respetado entre los partidarios del golpe moderado, que era el peligroso: El que hemos conseguido frenar, gracias a la interrupción del chorro de dinero de Rodolfo Laguna, y al escándalo de su muerte a manos de una putilla... Y en un cabaret sórdido. Hay mucho meapilas suelto, entre los facciosos, y tragan difícilmente ese tipo de cosas...

James Davidson se puso en pie, y abriendo una caja de cigarros cubanos «Alfred Dunhill», hechos a mano, prosiguió:

—Nuestro contacto ya ha ordenado a Héctor que proponga a un grupo de sus correligionarios, lo más heterogéneo posible, abandonar el complot de los partidarios del gobierno de gestión, y unirse al grupo levantisco de las cafeterías.

—Financiado por el hijo de Laguna, ¿no es eso?

—Exacto. Lo que estamos haciendo es conseguir que el mismo caudal circule por otro cauce. El golpe estará financiado, también, por el dinero de la familia Laguna. Sólo que ahora... Nace para morir a las pocas horas.

—¿Se entrenan tus facciosos?

—Sí. En una finca de Sergio Laguna, cerca de Jerez. Tienen hasta autobús, para dar más realismo a la cosa.

—¿Qué me dices de los medios de comunicación?

—Está todo previsto. Una cámara tomará el golpe en el mismo teatro de operaciones. Tengo perfectamente claro que la Televisión es la clave de toda campaña publicitaria.

Goldman, tras prender su cigarro, alargado y sensual, con una cerilla de madera, dijo, con evidente satisfacción:

—Te felicito. Sólo me queda desearte buena suerte. —El neoyorquino se retrepó en el sofá de seda acolchada, dio un par de fumadas, e informó—: Por la segunda hipoteca puedes estar tranquilo. Una avioneta la recogió en un descampado, aterrizando sobre la recta de una carretera fuera de uso, y aprovechando la oscuridad del anochecer, la soltó en el Atlántico. El método resultó práctico. Fueron a por la paraguaya, cuando ya habían pasado la aduana española, y llegaron a Inglaterra sin nada que declarar en la británica. Si aparece sobre las aguas del Canal un cadáver de rasgos sureños... no preocupará demasiado a las autoridades de uno y otro lado.

El abogado neoyorquino terminó por sonreír de un modo ligeramente siniestro y, mirando al *yuppie* con ojos astutos, preguntó:

—¿Y nuestro contacto de Sur-2?

—No temas. Conozco hace tiempo a esa persona. No nos fallará.

Salinas entrecerró los párpados tratando de escucharle mejor. Tras un breve silencio, Perico Carvajal explicó:

—Nos hemos lampao todos los cuchitriles de Madrid y Barcelona. Pero acabamos de dar en el clavo: En una pequeña joyería y relojería de Gracia. El propietario recordó haber grabado algo en un anillo con forma de alacrán. Buscando y rebuscando entre los archivos, que no son más que papelotes roñosos, ha encontrado un duplicado del encargo...

—Ya, —gruñó Lic con impaciencia, cortándole y dando a entender que prefería la versión abreviada.

—Para no alargarme... —dijo el inspector, sonriendo—. El trabajo consistía en grabar un nombre sobre la circunferencia interior del anillo. ¿Sabes qué nombre?

—Dime.

—Alberto.

—Hay muchos Albertos —objetó el abogado.

—La bulona que lo llevó a grabar dejó el nombre de señora Valle. Y tenía un acento «como canario», según declaración del joyero.

—Alberto... Valle —concluyó Salinas con incredulidad.

—¿Te suena ese señor? —preguntó el policía con guasa, para agregar—: Ése tiene tripas sin estrená.

—¿Qué piensas hacer con Valle?

—¿Qué quieres que haga? —suspiró el policía, más en una exclamación ahogada que en tono interrogativo.

—Espera. Voy a tomar el primer avión del Puente. No hagas nada hasta que llegue a Barcelona

—Estaré en el aeropuerto.

En el vuelo, que resultó bastante movido por la fuerte turbulencia del aire, ya se respiraba ambiente de Navidad. Estudiantes que regresaban a casa, paquetes con envoltorios de regalo, y villancicos en la música que precede al despegue.

A Salinas todo aquello le resbalaba. Sólo daba vueltas en torno a dos ideas que se iban abriendo paso, poco a poco: «Móvil de Valle. Meterse en el bolsillo quinientos millones, haciendo matar a Rodolfo Laguna. Y... Mano ejecutora. La paraguaya, que se situó en una de las estaciones de su ruta nocturna habitual, aleccionada por el propio Alberto Valle.»

Terminaba, cada vez, por pasar a otra idea de menor cuantía: «El peluquero debía de saber demasiado..., y pudo poner nerviosa a la paraguaya. Y...» Para volver al principio y repetir la cadena de razonamientos, alterando sólo la coletilla: «Y el peluquero... Quizá fuese el propio Valle quien ordenó su muerte...» Y, vuelta a empezar.

A pesar de las apariencias, Lic se resistía a aceptar la culpabilidad de Alberto Valle, y trataba de refutarlas: «Veremos adónde han ido a parar los millones. ¿Y si lo del joyero no fuera más que un montaje?»

Aunque lo más natural hubiese sido interrogar a Valle, Salinas prefirió no hacerlo: «Me ponen enfermo sus bolas y sus verdades a medias», se dijo.

Perico Carvajal ya le esperaba plantado detrás de la puerta acristalada de las llegadas nacionales, y le dio una palmada en el hombro.

Salinas le saludó con un: «¡Hola, Carvajal!», y, de entrada, le entregó un paquete que contenía las fotocopias de la agenda de Rodolfo Laguna.

—Mi pequeño obsequio de Navidad —aclaró Lic. Y disparó

el índice, advirtiendo—: Para tu uso particular. No para el oficial.

—¿Qué es?

El abogado se lo explicó en cuatro palabras, terminando por anunciar, con cara de pícaro:

—Ahí encontrarás una lista de golpistas de relumbrón.

Carvajal sonrió en silencio, pensando: «Mensaje recibido.»

El inspector, que había estacionado el coche K sobre el mismo encintado de la acera, arrancó acelerando con fuerza. Afortunadamente, no se les cruzó nadie en los pasos cebra y, en cuanto enfiló la autovía de Castelldefels, rompió a hablar:

—Salinas, estoy contento de colaborar contigo: El día que me dijiste que lo de interrogar al personal era mi problema... y que, encima, querías copia de todas las declaraciones... estuve a punto de mandarte a tomar viento. Puig ya me dijo que eras legal. Y tenía razón. Darme ese paquetito por las buenas... —Señaló hacia el asiento trasero, donde iba la fotocopia de la agenda—. Ha sido un buen detalle. Sí señor.

—¿Qué piensas hacer con Valle?

El abogado inició el asunto, tratando de poner voz de: «Aquí no pasa nada.»

—¿Qué quieres que haga? —repuso el inspector, con otra interrogación.

—Pudieron preparar lo del anillo para liar a Valle.

—No conozco a ese señor, y Puig no ha querido decirme ni pío. «Si Salinas no está presente, no puedo decirte ni mu», me soltó por teléfono. —Se acarició la barba rubia y corta, en un gesto nervioso, y se metió por la calzada lateral para entrar en el Cinturón de Ronda, terminando por rezongar—: La próxima vez que me pida ayuda, le voy a dar un chasco, pa que se vaya con los sordaos...

El inspector se puso la pipa en la boca y llenó la cazoleta sin dejar de conducir. La prendió, y retomó el hilo de lo que estaba explicando.

—No conozco a Valle, pero la Policía de Madrid nos ha mandado su dossier. Queda bastante claro que ese señorito estaba pringao en los trapicheos de su jefe.

—¿Qué trapicheos?

—No lo tenemos claro, aún. —Y viendo el gesto de guasa de Lic, agregó—: De veras, en cosas de negocios, tú sabes mucho más. Por eso es bueno que nos hayamos repartido el trabajo.

—¿Sabes que te digo...? Que tienes muy poco para lograr empapelar a Valle —afirmó el abogado pensando: «Si supieras lo de los cheques al portador del Banco Monetario...»

—Sí y no.

—¿Te guardas algún as? —preguntó Lic en tono cáustico y provocativo

—No.

—O sea: Que no vas a molestar a Valle.

—O sea —le corrigió—: Que vamos a controlarle hasta la respiración.

—Si sacáis en limpio lo mismo que con Héctor Villamediana... —le reprochó Salinas con aire ahora sarcástico.

—Héctor acabará por cometer un error —aseguró Carvajal, sin inmutarse por la pulla.

—¿En qué te basas?

—Olfato de concolé.

El inspector se llevó el índice a la punta de la nariz.

—El problema está en que no me cuentas casi nada de lo que sabes. Y en que me mandas unas copias de las declaraciones pasadas por la censura.

—El problema no es ése.

—¿Cuál es?

Perico Carvajal salió del Cinturón de Ronda y se metió en el atardecer amalvado de la Diagonal. Al fondo, ya se veía el lucerío navideño El inspector dio una larga chupada a la pipa de escaramujo, y repuso:

—Voy a contestarte. Pero sólo para tu uso personal —empezó, remedando la voz oscura de Lic—. Nos tememos que detrás del caso Laguna pueda estar el principio de un alzamiento armado.

—¿Alzamiento, de quién?

—Ahí está el problema, Salinas. Hay tanto golpista suelto...

El seguimiento de la Policía confirmó, hasta en el menor de los detalles, cada uno de los informes de los motoristas de Puig. El resumen siempre era el mismo: La existencia de Alberto Valle podía pecar de rutinaria y poco imaginativa, pero se hacía difícil alumbrar el menor aspecto sospechoso. De la oficina al squash, y del squash a la esteticienne, era el monótono telón de fondo.

Salinas vivía pendiente de recibir el informe del auditor. Quería saber, de una vez (o como él decía: «de una puta vez»), adónde habían ido a parar los dichosos millones. Recibía regularmente una lluvia de datos, pero Sebastián Arias no acertaba a darle el que Lic juzgaba como principal. Por desgracia para el abogado, Arias había caído en la trampa de un contrato, que se le hacía desmesurado para su tamaño, y no estaba para nada que no se refiriera a su nuevo obsesivo monotema.

Para quemar la ansiedad, Lic se encerraba en el despacho y leía hasta las notas marginales de todo papel que rozase el caso Laguna. «Está dejando de lado a los otros clientes», le reprochaba Marisa. Puig le hizo llegar un par de notas de gastos, y Salinas tuvo un pequeño sobresalto: «Entre motoristas y escuchas, un güevo... Un güevazo.»

El abogado telefoneó en ambas ocasiones a Esperanza, para consultarle si quería seguir por tan oneroso camino. La localizó una vez en su masía de Tarragona, y la otra en su *pied à tèrre* madrileño. Así llamaba a su nuevo y lujoso apartamento, que estaba a dos pasos del «Eurobuilding». A partir del año nuevo había cerrado la casa de la calle Martínez Campos, diciendo: «Año nuevo, vida nueva.» A Esperanza siempre le había gustado el francés para referirse a cosas como *chaise longue, boudoir* o *fauteuil Voltaire.*

Ella, al oír la elevada cifra que ya sumaban seguimientos y grabaciones, le tranquilizó con voz displicente y paladial: «Lo que haga falta. Lo que haga falta.»

Leyendo los informes sobre Carlos Montero, Salinas tenía la impresión de escudriñar la vida de alguien que viviera en Virginia, en New Hampshire o en Brighton. La adicción al golf. La devoción a los negocios y a la informática. Y el empeño obsesivo por rodearse de las amistades adecuadas, le daban el aire de ejecutivo transnacional que ya debió de adquirir durante sus años de trabajo en el admirado extranjero.

Un extremo que chocó a Lic fue el nuevo hábito de acompañar a su hija a la «Saint Andrew's School», si no se lo impedían los viajes. «Se queda mirando a la niña desde el

"Triumph" hasta que ella atraviesa la puerta de la escuela», rezaba una nota manuscrita con letra maciza.

El socio de Juan Puig se había molestado en verificar los viajes que efectuaron Valle y Montero desde el mes de octubre. Los de Valle no coincidían con las excusas que fue dando su secretaria. Los de Montero, en cambio, se ajustaban escrupulosamente a cuanto dijo Esperanza y el propio Carlos.

Enero transcurrió monótono y enervante, sazonado por las visitas de Sergio Laguna, que iban aumentando en frecuencia y también en brevedad. Su roadster debió de batir el récord de multas de estacionamiento, y su estado de excitación aumentó de forma notable a medida que se aproximaba un mes tan aparentemente insulso como acostumbraba ser el de febrero.

Pasada la Candelaria, la calma dejó paso a la tempestad. El primer aviso fue una visita de Carvajal en la que dejó sobre el escritorio de Lic un paquete envuelto en papel de estraza y lacrado, diciendo: «Ahí va todo el dossier. Nos tememos lo peor, y hemos decidido jugar contigo a cartas vistas.»

Lic se pasó todo un día repasando aquellos documentos, que sólo le aportaron un dato nuevo. «Parece que un grupo heterogéneo de ultras está desarrollando actividades paramilitares esporádicas, en la finca "El Churumbel", del término municipal de Jerez de la Frontera, propiedad de Sergio Laguna», se leía en la borrosa copia de un informe a máquina.

Al terminar la segunda lectura, se dijo: «La Policía debe de saber mucho más. Pero ese Carvajal es un tío cojonudo...»

Tras esa seña, una mañana luminosa y glacial llegó la llamada del *head hunter*. Samuel Brixton le citó en su oficina, «si quieres ahora mismo», para decirle algo que definió como «importante». Y se negó a avanzar nada por teléfono.

A las dos horas, Lic era todo oídos. El *head hunter*, atrincherado detrás de su escritorio de limoncillo, le dijo ahorrándose sus famosos preámbulos:

—He recibido el informe de Londres.

Salinas abría mucho los ojos, y las cejas se le quebraban en ángulo. Brixton prosiguió:

—Sé muchas cosas sobre Davidson. Ahí están. —Señaló con la vista una carpetilla transparente—. Pero lo que voy a decirte no quiero ponerlo por escrito..., ni siquiera en papel anónimo... No estoy dispuesto a arriesgarme. James Davidson es un tiburón.

Lic notó que el pulso se le aceleraba. Brixton no era hombre de hablar por hablar.

El *head hunter* acentuó el aspecto de bulldog, y por fin le dio la clave del caso:

—Alguien, a quien tú conoces muy bien, ha formado parte del equipo de James Davidson durante años. Y es curioso, teniendo en cuenta la circunstancias. Ese alguien es...

Salinas permanecía inmóvil, pendiente de las palabras del *head hunter*.

—... ese alguien no es otro que Carlos Montero —recalcó—: El hermano de la viuda de Laguna.

—¿Por qué concedes tanta importancia al currículum de Montero? —objetó el abogado, sofrenando la tensión nerviosa que alcanzaba ya un vibrante fortísimo. «La teoría de Puig. La teoría de Puig...»

—Voy a darte mi opinión. —Samuel Brixton, levantando el índice, advirtió en tono solemne y protocolario—: Lo que diga o dé a entender a partir de ahora, debes considerarlo como estrictamente confidencial.

Lic asintió con la cabeza, recolocándose las gafas de astigmático, de sólo dioptría y media por ojo.

Brixton engoló la voz, se pasó la mano por el cabello, y empezó a decir:

—Davidson es uno de los hombres del vértice, en una organización tan poderosa como poco conocida. Entre sus miembros la llaman el *Pool*... Podríamos traducirlo por algo así como el Consorcio.

—¿Y bien?

Salinas no ignoraba la existencia de tal institución aunque conocía pocos detalles.

—Se dice en los *headquarters* (1) de mi agencia, que varias

(1) Oficina central.

firmas vinculadas al *Pool* están preparando una operación... —Samuel Brixton elevó las cejas para reforzar el énfasis de sus palabras— especulando con valores de entidades implantadas en España. Davidson es la mano derecha de uno de los más peligrosos tiburones de Wall Street.

Pronunció «tiburones» con una mezcla de admiración y temor. Y «Wall Street» con respeto reverencial.

—¿Cuál es tu conclusión? —insistió Salinas, engarfiando los dedos y clavando las cortas uñas en los brazos del sillón.

—Más que conclusión, te voy a dar mi yuxtaposición de datos —precisó—. O si lo prefieres, mi *collage*: Muere *Lagunapadre* en extrañas circunstancias. Sus principales relaciones son marcadamente ultramontanas. Nos sale Davidson dentro del círculo de *Lagunapadre,* aunque no pegue ni con cola... Y, como por casualidad, James Davidson nos aparece también metidito en una operación de escualo sobre títulos relacionados con este país. Y la guinda... Montero no se conforma con sólo ser el hermano de la viuda. Además, resulta ser piedra angular en la gestión del patrimonio de la familia Laguna. Y, ¡vaya por Dios!, para postre ha sido durante años hombre del equipo de James Davidson... en tres empresas diferentes.

Brixton terminó sus razonamientos blandiendo tres dedos. Uno por cada negocio en que Carlos Montero trabajó bajo el manto del *yuppie.*

—¿Quién te ha dado el dato?

Lic sabía que preguntaba demasiado. Y se arriesgó a recibir la negativa endulzada de sonrisas que se gastaba en aquella oficina. Pero Brixton reaccionó de modo desacostumbrado:

—No te voy a dar nombres. Ni creo que lo esperes. —Frunció el ceño y exageró su natural mueca hocicuda—. Pero sí te diré que hemos colocado a varios directores financieros en empresas relacionadas con el *Pool.* Ellos hacen también, el papel de confesores en sus sociedades. Y nosotros el de confesor de confesores.

El *head hunted* tajó el aire con ambas manos, en gesto subacuático, para darle a entender que no pensaba añadir ni una sola coma de nueva información. Y terminó por filosofar:

—¿Quién tiene más poder...? ¿El Papa o su confesor? ¿Quién tiene, de veras, el timón?

Hasta aquella mañana gélida de febrero, Salinas se había empeñado en limitarse a analizar los datos que iba recibiendo; sospechando de todos y de nadie en concreto. El asunto del anillo del escorpión estuvo a punto de decidirle a orientar sus baterías contra Valle, pero se mantuvo expectante, en un duermevela tenso. Ahora, al salir del despacho de Samuel Brixton, intuía que estaba tocando fondo.

Lic decidió regresar andando hasta la Plaza Mayor. Los largos paseos solían ayudarle a ordenar las ideas. Y el sol del mediodía aliviaba la severa frialdad de las impertinentes ráfagas de viento.

Salinas se levantó el cuello del abrigo de pelo de camello color nuez y trató de rememorar, con el máximo detalle, la conversación que mantuvo con Carlos Montero en el despacho de la calle de Goya.

Anduvo hasta los Nuevos Ministerios, tratando de cristalizar el pensamiento en un lenguaje íntimo y asintáctico. Castellana abajo, el abogado trataba de imaginar los gestos de cara del hermano de Esperanza, por ver de identificar algunos de los rasgos que denuncian la mentira. Lic se decía: «Sonrisa fija... no lo recuerdo bien, aunque diría que sí. Crispación... No estoy seguro. Mirada evasiva... No. Sonreír sin arrugitas alrededor de los ojos... Puede. Elevación de la parte inicial de las cejas... Creo que sí. Hablar sin marcar el compás... Me parece que también. ¿Se pasaba la lengua por los labios...? Ni idea. (En realidad dijo N.P.I., queriendo decir, sin duda, ni puta idea.)»

En cuanto se metió en la calle de Miguel Ángel, pensó: «Las apariencias señalaban a Valle como sospechoso número uno.» Y de ahí su mente se fue a los errores judiciales, y a la de gente que debe de haber muerto ajusticiada por equivocación... Y terminó diciéndose, al pasar frente a «Varity»: «La pena de muerte es una monstruosidad, y un atraso.»

Tras complacerse en éstas y otras divagaciones, el abogado orientó la luneta del colimador sobre Carlos Montero.

Llegó a la Puerta del Sol notando el peso de lo andado en las piernas. «Tengo que hacer algo de deporte.» Y repitiéndose: «¡Qué absurdo! Esperanza me paga generosamente... para que descubra que su hermano es el culpable. ¡Es obsceno!»

A partir de ahí la emoción pudo con la lógica, y la mente se le soliviantó, trayéndole sin su permiso a Esperanza, y a Esperanza.

Al principio era una diosa superrealista, reinando en sus tierras y en sus piedras historiadas de Tarragona. Vestida de negro. A la campesina. La imagen adquiría la sombra lúgubre del polvo de circonio, y luego su Esperanza viraba hacia tenues aguas amatistas, para tintarse con los fulgores del rubí, tan rojos como las estrellas de las torres del Kremlin. Su agnusdéi terminaba por desaparecer azorada y hecha un manojo de nervios, corriendo y bamboleando las esquemáticas caderas en busca de un compromiso de amores con el diputado. En la alucinación, el político la recibía torciéndose de risa, y diciendo a lo Humphrey Bogart: «Me gusta tu palmito.»

Lic se tomó un par de tapas de callos, para tener con qué asentar los cuatro vasitos de orujo helado, que se tragó en menos de un cuarto de hora. Y compareció ante Marisa con un sudor frío en la frente, y canturreando la canción de Silvio Rodríguez: «Pasa un ángel, se hace leyenda, y se convierte en amor... Ahora comprendo cuál era el ángel, que entre nosotros pasó...»

Todo encajaba. Y la cosa se hacía cada vez más fehaciente. Por fin llegó el tan deseado dictamen del auditor, y Lic reconoció que aunque tarde el trabajo era concienzudo e inteligente.

Seis hojas que, en principio, tenían que hundir a Valle y que, por el contrario, pusieron más leña en la hoguera que ya ardía contra Carlos Montero. Pero vayamos a la «conclusión» de Sebastián Arias, que suele ser la única lonja magra de la epidemia papelera que nos asola. ¿Por qué estará en crisis el ramo?

La última carilla del informe sentenciaba:

CONCLUSIÓN

»Tras exhaustivo análisis en la Cámara de Compensación, queda perfectamente demostrado que la totalidad de los cheques al portador del Banco Monetario, por un importe global de 523 millones de pesetas, fueron ingresados en la Oficina de Diagonal de la Caja de Ahorradores Mesocráticos, en la cuenta número tal, cuyo titular es don Héctor Villamediana.

A continuación, se incluía una apostilla, a guisa de genialidad contable del auditor:

ADDENDA

»Nos hemos creído en la obligación de efectuar un ulterior control a la citada cuenta corriente, dando con un asiento que juzgamos del mayor interés. En la tan repetida cuenta, y con fecha 5 de febrero, se ha registrado el ingreso de un cheque al portador por importe de doscientos millones de pesetas. Investigando el origen, nos ha llevado a una cuenta personal de la oficina principal del Banco Moneymaker's, cuyo titular es don Carlos Montero (hermano de la viuda de Laguna).

La página no estaba firmada. Ni con letra, ni con rúbrica, ni con gavilanes. No hacía falta.

Lic, tras leer el informe de Sebastián Arias, telefoneó a Valle. Aquella tarde cárdena estuvo de suerte. Le encontró en la calle Velázquez y se limitó a decirle: «Debo verte ahora mismo.»

Alberto Valle captó la importancia del escueto mensaje. En menos de una hora ya entraba en el despacho de Salinas.

Lic se sentó a su lado, y empezó por espetarle:

—¿Cómo llegaron los millones del supuesto descuadre a Héctor Villamediana?

—¿Cómo te has enterado? —preguntó retorciéndose los dedos.

—Contéstame, Alberto —le urgió, aproximándose mucho y rompiéndole la burbuja personal.

—Me limité a recoger los cheques, en el Banco Monetario y

entregárselos a Rodolfo Laguna, siguiendo sus instrucciones.

—¿Conocías a Héctor?

—Sí. Alguna vez vino por el despacho.

—¿Sabías cuál era el destino de los cheques?

—Lo suponía —balbució.

Iba a agregar algo más, pero se contuvo.

—¿Qué tenían en común Rodolfo y Héctor?

—Las mismas ideas... Muy conservadoras.

—¿Por qué te inventaste el camelo del descuadre?

—Para explicar la salida de los quinientos veintitrés millones en cheques al portador —recitó de carretilla, como si se tratara de una letanía aprendida de memoria.

—¡Vaya idea! —exclamó el abogado—. Entre semejante parida y tu afición al oscurantismo, has estado a punto de meterte en un lío del copón.

—¿Qué querías? —chilló Valle, extremadamente pálido. Y prosiguiendo ya fuera de sí, con un ligero temblorcillo en los labios—: ¿Qué querías? ¿Que proclamara a los cuatro vientos que mi jefe era un ultra disfrazado, y que estaba financiando a los golpistas... por medio de ese Héctor?

Se hizo un silencio embarazoso y Lic, aprovechando que había abierto brecha y que Valle estaba en racha de decir verdades, concretó las dos últimas preguntas:

—¿Conocías a James Davidson?

—No. Para mí era sólo una nota en la agenda de Rodolfo.

—¿Te dice algo un anillo en forma de escorpión?

—¿Me tomas el pelo, o qué...? —se quejó, con aire alicaído y cara de la más sincera ignorancia.

Salinas evitó acusar a Carlos Montero, mordiéndose la lengua para callar lo que pensaba: «El hermano de Esperanza, además, debió de prepararte la trampa del anillo, aconsejando a la paraguaya que hiciese grabar Alberto y diera el nombre de señora Valle.»

Salinas puso al corriente a Juan Puig, pidiéndole la máxima discreción: «Compréndelo. Es el hermano de nuestra clienta.» El motorista se abstuvo de colocarle un: «Ya te lo decía yo.» Y, para evitar que la cosa trascendiera, limitó la ejecución de los ojeos a su socio y a sí mismo, trasladándose a Madrid y viviendo en casa de Lic. Pepe Galiano realizaba personalmente las escuchas telefónicas de Carlos Montero, y el propio Puig asumía el papel de sabueso, montado en la «BMW».

Montero acostumbraba hacer algo que pronto extrañó al motorista. Empleaba a diario cerca de una hora, para desayunar en el «Hotel Wellington».

Puig, llevado de su innata desconfianza, curioseó en el hotel. Y dio con que Montero solía telefonear siempre a la misma hora, desde una cabina. «Ahora comprendo por qué no te hemos pescado ni una sola llamada comprometedora», se dijo.

A partir del hallazgo, Pepe Galiano hizo lo que denominaba un «alarde». Y pronto descubrió el otro estilo de hablar por teléfono que gastaba el hermano de Esperanza. Grabaron varias conversaciones mantenidas entre Montero y Héctor Villamediana, en las que se mencionaban la OVA, cruzar los cables, y el cortocircuito. La OVA era el nombre que daban, por contracción, a la operación vacuna.

Bien avanzado el mes, Pepe Galiano interceptó una llamada a James Davidson. Hablaban en castellano, y el *yuppie* decía aspirando en las oclusivas:

—Mañana estaré en Barajas a eso de las once de la mañana. Volaré en el «Mystère».

Salinas permaneció toda la mañana detrás del escritorio, esperando noticias de los resultados del plan que decidió poner en práctica, después de sostener una detallada discusión con Puig y Pepe Galiano. Lic quería efectuar una escucha de lo que iban a tratar James Davidson y Montero aquel mismo día, aprovechando el viaje del *yuppie* a Madrid.

Juan Puig, de vez en cuando, tomaba café con el encargado del estacionamiento que utilizaba Carlos Montero cotidianamente, en la calle Goya. Al principio, sus cháchara de bar no eran más que una nueva excusa que le permitía hacer el moscardón en uno de los puntos de paso obligado del hermano de Esperanza.

En cuanto el hombrón y su socio se enteraron de la inminente visita de Davidson, vieron en el parking el lugar ideal para colocar un pequeño dispositivo de grabación en el automóvil de Carlos. El procedimiento previsto consistía en que Pepe Galiano fijara el chisme, mientras Puig se encargaba de distraer al vigilante, enseñándole lo más recóndito del motor de su «BMW», por la que ya había mostrado franca predilección.

Montero salió con un poco de retraso de su piso de la calle Espronceda. No acompañó a su hija al colegio. La niña estaba aquejada de un catarro, que sólo veía su padre, y se había quedado en cama. «Hoy no quiero que os mováis de casa», ordenó a su esposa. En lugar de trasladarse en el «Triumph», utilizó el «Alfa Romeo» de su hermana. En el corto trayecto hasta la oficina, la máquina de Pepe Galiano le siguió a corta distancia.

Puig, que estaba reparando una avería imaginaria a veinte pasos del despacho de Carlos, los vio llegar y, en cuanto se percató de que había cambiado de coche, sonrió mostrando la boca renegrida: «Te conozco bacalao, aunque vayas disfrazao.»

El hermano de Esperanza estuvo menos de media hora en la oficina, repasando las primeras hojas de una carpeta que sacó de la caja fuerte y que llevaba la etiqueta: «OVA-Confidencial.»

Tomó la cartera de cantos dorados, y regresó al parking para irse a Barajas. En su ruta hacia el aeropuerto fue escoltado a distancia prudencial por dos motoristas, que se iban relevando en pos del «Alfa GTV 2000». Naturalmente, Montero no se dio cuenta de nada, ni percibió el menor cambio en el interior del coche. La grabadora estaba bien camuflada debajo del asiento, y no hacía el menor ruido.

Juan Puig marchando ahora detrás del «GTV», pensó: «Montero, llevas una bomba debajo del culo.»

James Davidson atravesó una aduana raramente desatascada. «Ventajas de viajar en jet privado», se dijo. Saludó a Carlos Montero con amable distancia, y echaron a andar a buen paso hasta llegar al «Alfa». «Gran coche», apreció el británico. Carlos parecía aún más robusto, contrastando con la delgadez y escasa talla del *yuppie*.

En cuanto el «GTV» arrancó Puig accionó el mando, y la grabadora se puso en marcha por control remoto. Pepe Galiano, que era un manitas, comentó guiñándole el ojo: «La calidad del sonido será fetén. He aprovechado tu rollo con el del garaje para escoñarle un contacto de la radiocassette.» Los dos socios se rieron a carcajada limpia.

El *yuppie* y el hermano de Esperanza se pasaron más de dos horas encerrados en el despacho de la calle de Goya. Montero había dado día libre a la morenaza de la recepción, para «poder hablar sin la proximidad de oídos ajenos al proyecto vacuna».

Mientras Galiano permanecía con un ojo en el portal de la oficina, Puig aprovechó para telefonear al abogado:

—Ya llevan el chivato a cuestas —anunció con la patente de corso que le daba el *scrambler* del aparato de Lic—. Hemos grabado de Barajas a Goya.

—¡Mucho! —exclamó Salinas, estrechando el auricular como si fuese la manaza del motorista.

—El coche está ahora en el parking. En cuanto se vuelvan a montar pondremos el chisme en marcha otra vez.

Carlos Montero desanduvo el camino que había recorrido con el *yuppie*. Y la grabadora registró de nuevo la conversación del retorno al aeropuerto. El «Mystère» y la tripulación aguardaron a Davidson sin abandonar Barajas por orden expresa suya.

Pepe Galiano pudo oír cómo el británico, en el último momento, se despedía con un latinajo: «Alea jacta est.»

Mientras Puig y el encargado del parking se tomaban unos vinos, Pepe Galiano les aguardó en el estacionamiento y recuperó la grabadora. En cuanto la tuvo en su poder, se fue al bar. Aunque su rostro céreo no lo manifestara, el socio de Puig apareció exultante, pensando: «Ya la tenemos.»

Los dos motoristas se encaminaron a la Plaza Mayor a mucha velocidad. Marisa les hizo pasar inmediatamente al despacho de Salinas, mientras preguntaba: «¿Han comido?»

La secretaria les preparó unos bocadillos de pollo, lechuga, mahonesa y tomate, y con la excusa de entrarles cervezas, vasos, servilletas de papel... dejó la puerta abierta y pudo oír la grabación.

En el trayecto de Barajas al Barrio de Salamanca, Montero y Davidson hablaron de generalidades y del vuelo del «Mystère». Por el contrario, al regresar al aeropuerto, ya cerca del desvío de la autopista, la conversación reveló casi todas las claves del caso Laguna.

El jet de Davidson aterrizó sin novedad en el aeropuerto de Heathrow. El *yuppie* se trasladó inmediatamente a su oficina en un «Jaguar» color vino que le estaba aguardando.

Antes de llegar a South Kensington, pasó junto a la jardinería fúnebre del cementerio de Hammersmith, y la mente le trajo la imagen de Martha y los dos niños, amortajados en tres ataúdes de caoba, paralelos, y a punto de ser inhumados. «¡No!», se dijo, boquiabierto, para respirar mejor.

El chófer no se percató de nada. Davidson iba en el asiento trasero del sedán, y el tráfico de la tarde se adensaba y requería toda la atención.

En la sala de juntas de paredes forradas de caoba de Cranley Gardens, estaban reunidos desde primera hora de la tarde Goldman, Takeda y Sweering. Los tres escuchaban programas informativos, buscando distintas emisoras en el dial del complejo receptor de radio, que descansaba en el centro de la gran mesa rectangular. Esperaban a Davidson, y ninguno de ellos ocupaba la presidencia. Goldman estaba solo en el lado de la ventana.

El *yuppie* apareció saludando con un: «Se aproxima el punto cero.» Se sentó junto al abogado neoyorquino, revelando la íntima excitación que sufría, por el relieve que habían adquirido las venillas azuladas de las sienes.

—¿Todo a punto? —preguntó Goldman, acariciándose el mentón.

Davidson sabía que en aquel momento cumbre tenía la obligación de tranquilizar al *petitcomité*, y empezó a decir:

—Héctor Villamediana ha resultado ser la espoleta perfecta del proyecto vacuna. —Pronunció «perfecta» con afectación, acentuando su deje de Oxford—. El hijo de Laguna financió al grupo levantisco de las cafeterías. Y Montero ha manejado con buen pulso los hilos, consiguiendo que Héctor se sumara al grupo y atrajera con él a los individuos más conflictivos del otro golpe, que ya se estaba fraguando. —Para refrescarles la memoria, detalló—: Me refiero al que pretendía implantar un gobierno de gestión, de apariencia moderada.

—¿Está seguro de que la intentona empezará dentro de unos minutos, para morir exactamente mañana por la mañana? —le interrogó Takeda con rara deferencia.

—Montero y Héctor tienen ya garantías de que el golpe no contará con suficiente respaldo geográfico. Y los infiltrados de Villamediana se encargarán de darle la puntilla en el mismo teatro de operaciones.

Goldman, viendo por dónde iba Takeda, intervino para decir:

—El proyecto ha sido un desarrollo perfecto de James Davidson, que nos garantizará la estabilidad y la estandarización del mercado Sur-2... O del mercado español, como prefieran. Estoy convencido de que el espectáculo del brote faccioso, que va a abortar ante las cámaras de la propia televisión, será suficiente vacuna. —El abogado neoyorquino sonrió con aire socarrón, y añadió dirigiéndose al japonés—: A todos nosotros nos preocupa también el *timing* (1) por el asunto de la operación financiera asociada, e instantánea, que desarrollará el Consorcio, aprovechando el pánico que se creará ante el anuncio del «golpe en Madrid» y comprando valores vinculados a España, y comprando sobre seguro. Mañana ya se sabrá que el complot ha sido desbaratado, y a las pocas horas los títulos retornarán a la cotización normal.

(1) Control de tiempo.

—Aunque el *Pool* se ocupe esencialmente de proyectos a largo plazo, no me parece mala idea aprovechar las coyunturas excepcionales para llenarnos los bolsillos con ganancias especulativas —opinó Sweering, afirmando con la cabeza y mirando al techo.

—El aprovecharnos de cuantas oportunidades se presenten para sumar beneficios rápidos y seguros, es uno de nuestros más firmes proyectos a largo plazo —aseguró Goldman, que iba a hacer un fastuoso negocio con la compra en pleno pánico, y la venta a las cuarenta y ocho horas, de un notable montón de acciones de firmas con sólidos anclajes en la economía hispana. El tiburón de Wall Street ya tenía, en aquellos momentos, la oficina enlazada con sus corresponsales de Zürich, Londres y París, y «militarizada», como él solía decir para referirse a las noches en que todo el personal debía estar al pie del cañón.

Goldman cedió la palabra al *yuppie,* para que siguiese recordándoles los detalles del plan, mientras esperaban que la noticia estallara en algún flash radiado. Cuando James se refirió a la paraguaya, el abogado neoyorquino pensó: «Con el follón que se va a organizar, no se hará necesario dar el paseo en avioneta, ni a Montero ni a Héctor. Tanta gente va a tener tanto que ocultar en Sur-2...»

La BBC interrumpió su programa para decir: «Algo grave acaba de ocurrir en Madrid. Hay una gran confusión, pero...»

Salinas, los dos motoristas y también Marisa desde su mesa permanecían inmóviles. Pendientes de la grabación de las palabras que Montero había pronunciado dentro del «Alfa» en el camino de retorno al aeropuerto de Barajas.

—¡Qué paraguaya tan odiosa! —decía la voz de Carlos Montero, con notable nitidez—. Mira que liarse con el peluquero...

—Hizo su papel. No podía esperarse más de una actriz de cabaret, que conocí en el Soho.

Davidson trataba de vocalizar al máximo, intentando no diptongar las oes. Su castellano era francamente bueno.

—La aparición de Salinas condenó a muerte a la cabaretera y al peluquero. Ese abogado es un elemento peligroso.

—Riesgos calculados... Si Rodolfo Laguna hubiese aceptado mi propuesta, las cosas nos habrían resultado más sencillas. Pero... Se hacía necesario cortar la financiación a los del golpe moderado. Y... ¿había mejor manera que eliminar a uno de sus promotores, escandalizando al sector pío con muerte tan vergonzosa? —El *yuppie* bajó la voz, y prosiguió—: Lo siento sobre todo por ti. Aunque postizo, Laguna era miembro de tu familia.

—Sólo son de mi familia los de mi sangre. Y punto —afirmó Montero con tono de agresividad mal contenida, agregando—: Mi hermana, con la muerte del imbécil del marido, ha heredado la fortuna que Rodolfo estaba malgastando en jugar a los soldaditos.

—El prever que el hijo de Laguna financiaría al grupo de las cafeterías en cuanto se viera libre del usufructo del padre, fue sencillamente genial... ¡Chapeau!

El «¡Chapeau!» sonó en el pequeño altavoz con excelente acento francés. Davidson continuó felicitándole:

—Y lo de grabar en el anillo el nombre de Alberto... Y lo de la «señora Valle»...

James Davidson se rió con unas carcajadas que sonaron como ecos estridentes en el fondo del artilugio.

Lic dio un manotazo al escritorio y se puso a jurar, en una letanía innombrable, acordándose de *Josecarlos*. El dentista, y pretendiente de la patrona del «Golden Lion», había logrado sustituir en sus imprecaciones a *Josenrique*, enemigo acérrimo de la infancia.

Sergio Laguna, vestido de faena con pantalón y anorak caqui, atravesó Madrid conduciendo su roadster, y repitiéndose: «El golpe está amartillado.» Corrió un *rally* urbano que hizo las delicias de los adolescentes que estaban abandonando las aburridas, e inútiles, instituciones escolares. En el sucinto maletero llevaba un arma automática, lista para ser disparada.

Esta vez estacionó con la más estricta ortodoxia en el aparcamiento subterráneo de la Plaza de Santa Ana. Sergio se iba a la guerra, y no estaba dispuesto a que ningún envidioso (o «baboso», como él decía) le abollara el juguete predilecto.

Llegó cronometrado, consultando el extraplano caro y suizo de oro. Y ya en la Plaza de las Cortes se mezcló con otros paisanos que vestían prendas paramilitares. En cuanto llegaron los autobuses, penetraron en las Cortes mezclados con los compañeros uniformados.

Al poco rato, tras la confusión inicial, en el sacrosanto recinto reinó una extraña sintaxis, y una voz cascada dio la orden: ¡«Se sienten, coño»!

EPÍLOGO

Mi querido amigo Salinas... (Perdona, Lic. Quizá no debiera insistir en tu evidente fibra sentimental)... Decía: Mi querido amigo Lic, tras intentar localizar mil veces a Esperanza en Madrid, y oír al teléfono el mismo «La señora está en la finca de Reus», se encaminó a las tierras de Tarragona. Allí, por fin, dio con ella.

Dejando atrás el aire fétido de los establos, Salinas llegó a la casa solariega. Penetró por la formidable entrada de carruajes, y tuvo que dar muchas explicaciones hasta conseguir que dos sirvientas gazmoñas, de manos erosionadas por los azuletes y prematuramente avejentadas, consintieran en anunciarle a su señora.

Lic avanzó intramuros, admirando el pequeño jardín asilvestrado que precedía a la mansión, y distinguió la silueta de Esperanza que le salía al encuentro.

Ella le hizo pasar a un rancio salón. Le mostró las antiguas caligrafías enmarcadas de la familia que parecían trazadas con sangre. Se sentó en un sillón de damasco carmesí, y terminó por preguntar: «¿Has llegado al fondo del caso?»

Lic carraspeó. Dudó. Elevó la parte inicial de las cejas y, ahuecando la voz, aseguró: «Héctor Villamediana, que acompañó a Rodolfo en la última cena, tuvo un papel principal dentro del drama...»

De regreso a Barcelona, el abogado fue a tomarse unas copas con su amigo (ya le consideraba «amigo») Perico Carvajal. Salinas, entre orujo y orujo, le ofreció el dossier sobre la muerte de Rodolfo y, sobre todo, sobre el abortado golpe. Lic sólo pensaba ocultarle el papel que había jugado Carlos Montero. No podía entregar a la justicia al hermano de Esperanza, y Juan Puig había accedido a guardar el secreto.

El inspector, mirándole con gesto resignado e irónico, manifestó: «No quiero saber nada del asunto. Si empezáramos a tirar de la manta...»

La familia Davidson ya se había trasladado al sur de Londres. Al *cottage* del campo de golf de «Fort Knox», como Goldman solía denominar a tan distinguido emplazamiento.

La rúbrica final del cambio de estatus consistió en el nuevo yate que les iban a entregar en Montecarlo.

James y Martha decidieron viajar en avión de línea, solos, y hacer la singladura inaugural sin tener que preocuparse por los niños. Era su segunda y dorada luna de miel, y querían disfrutarla al máximo. La misma tarde en que llegaron, el *yuppie* le regaló a su esposa unos pendientes que se limitaban a la exquisita simplicidad de ser dos diamantes de dos quilates. Davidson los adquirió en «Van Cleef», junto al Casino, aprovechando que Martha descansaba tomando un baño de sales en el «Hotel de París», a pocos metros de la joyería.

Al día siguiente durmieron hasta más de las diez, y decidieron subirse a callejear por el viejo Mónaco. Estacionaron el «CX» que habían alquilado dentro del vientre del peñasco. Pasearon a pie por las callejuelas blancas y ocre, orladas de terracitas y tenderetes. Se comieron una pizza en la Plaza de San Nicolás, ante una fuente coronada por su imagen, y gozaron del calorcillo del sol primaveral.

Por fin llegó la ansiada hora de bajar al puerto deportivo,

emplazado junto a los muros de roca de aquel peñón. El astillero les había confirmado la entrega del yate para las cuatro de la tarde.

A las cuatro y diez arribó el impoluto casco de color crudo, propulsado a motor, con un par de marineros a bordo. En la popa llevaba escrito su evocador nombre: *The spirit of february.*

OTRAS OBRAS DEL AUTOR PUBLICADAS POR PLAZA & JANÉS

EL PRIMER PODER

Una multinacional llamada «SAF», dedicada a la medicina preventiva y a los regímenes dietéticos, encarga a Licinio SALINAS que la asesore con vistas a implantar su negocio primero en España y luego en Sudamérica. El promotor de la operación en la península Ibérica es el marqués de Garzón, quien busca inversores entre la alta sociedad. Garzón es secuestrado y Salinas se enfrenta a una complicada intriga.

EL INTERMEDIARIO

El inexplicable robo de un importante volumen de aceite de oliva provoca una investigación del abogado SALINAS. La urdimbre de constante suspense, envuelta en la violencia de los grandes negocios, lleva a descubrir qué hay detrás de las adulteraciones alimentarias. La novela va mucho más allá de la pura narrativa policial.

ANÓNIMOS CONTRA EL BANQUERO

¿Quién sale ganando con el hundimiento del Banco? El abogado SALINAS lo investiga en una trama que puede calificarse de obra de arte del suspense. En la narración coexiste el mundo refinado de los banqueros y la jerga del hampa, dentro de un hilo de constante intriga.

¿POR QUÉ MATARON A FELIPE?

La novela arranca con un atentado contra Felipe y, al hilo del suspense que agarra al lector desde las primeras páginas, el abogado SALINAS busca la identidad del último culpable en una investigación que le hace acudir a Estados Unidos y, más tarde, a París. La narración discurre por la tierra de nadie que hay entre los planes oficiales de Defensa y lo que no es más que puro afán de lucro disfrazado de fervor belicista, para llegar hasta un final sorprendente.

Este libro se imprimió en los talleres
de Printer Industria Gráfica, sa
Sant Vicenç dels Horts
Barcelona